U0933194
FLORET
READING
小花阅读
我们只写有爱的故事
青春阅读
幸得相见
大鱼
有爱的青春陪伴者

T I D E N G Q U J I A N S H A O N I A N L A N G

提灯去见少年郎

FLORET
READING

矢厘
著

上海故事会文化传媒有限公司
上 海 文 化 出 版 社

矢厘 | 小花阅读签约作者

披着文静外衣的逗趣少女，吹动发丝的一阵风、突如其来的一场雨都能掀起她一场异常丰富的内心戏，嗯，是爱自导自演的戏精少女。
喜欢脑洞，对甜虐文无法招架，甜虐是脱脂必备良品！

爱称：车厘子，阿厘
个人作品：《星辰知我意》

目录

目录

楔子

恰逢七月半，夏秋交替，天地阴阳交替，地宫打开地狱之门，众家鬼魂游落世间。

围猎游魂散鬼为乐的拾魄者猖獗，在黑白无常的眼皮子底下偷逮了几缕鬼魂，居高自傲地相倚肆笑。

偏巧，踽踽独行的一缕女魂为一睹世间少年郎的风采提灯路过，手中的鬼火灯笼闻声轻颤。

肆笑戛然而止，黑影交耳撺掇，猛然闪影。

女魂心中一紧，丢下鬼火灯笼疯也似的逃命，耳畔是世间祭祀传来的以慰游落孤魂与拜祭先祖的祈福之音，那是为祈陈国一降甘霖以解他们百年一遇的旱灾。

她逃得急，拾魄者追得紧，手上猎魂之锁链鞭得空灵作响，让她空躯散魂都为之一震。

马蹄嘚嘚，商贾之行队晓行夜宿，原是商贾世家缪行尚携家带眷归陈国祭祖。

车马劳顿，缪岑元身心俱疲，手轻轻挑起马车绸帘，吸一口黑夜清风，却见寥寥鬼火闪动。

缪家主母苏屏芝宠溺一笑，手如柔荑轻抚缪岑元垂髫，这几日舟车劳顿，确实让元儿受苦了。

一声马蹄嘶鸣，惊得苏屏芝撩帘，一脸愁容。

缪行尚紧了紧黑马缰绳，安抚人心后，遂策马循声一探究竟。

谁料想，竟遇陈国王后喆苏，心系陈国子民虔诚跪拜至城门两里地外的神圣佗狩河，放河灯为陈国祈福，为王上分忧，临产将至却失足落水，随行宫人顿觉无措，嘶喊救命。

场面一度混乱。

佗狩河岸上三三两两拾魄者抓耳挠腮，他们也没想到看似瘦弱可欺的一缕女魂，竟公然犯了地宫禁忌，以自身凝聚念力投胎重生。

人为阳，鬼为阴；陆为阳，水为阴，魂魄既已入了人身胎腹，他们有心也无力，只等着看这不知天高地厚的女魂受因果之业障。

陈国内廷上空因陈国王后生产嘶吼聚拢大片黑雾，陈国王上仙枝茛，本在戒帼亭为陈国祈风调雨顺、国泰民安。听闻王后难生产，他匆忙赶至，便听一记女婴响亮啼哭。聚在内廷上空的黑雾尽散，转瞬闷雷滚滚，天降甘霖。

公主降生乃是吉兆！

王上大喜，特此下令大赦天下，举国同庆。

缪行尚救驾有功，理当封赏，但他却以行商道义婉拒一切封赏。

殿外，因公主降生而天象骤变，惊动驻内廷而待礼遇的阴阳师安令奇明，此刻他携八岁弟子神东迟觐见。

安令奇明占卜星象算出公主水逆之势，为佑陈国多福无灾、保公主一世平安，需为公主选择五行火气旺的“童养夫”冲喜……

第一章

◆

- 一见倾心，二见定情！

01.

汴京城中，八街九陌，来往商贩熙熙攘攘，叫卖声不绝于耳。

“……商贾世家缪家嫡子相貌端正、品行有礼，与公主乃是天赐良配……”一老儿乍一拍醒木，惊醒一众深陷说书之无穷魅力的浊骨凡胎。

“说得好！”

众人循声望去，出声之人掩扇间露出周正眉眼，让人不禁暗叹，好一位意气风华少年郎！

语毕，只见翩翩少年郎轻敛折扇，扇头作势敲在掌心上，故意咳出粗嗓：“说得极好！该赏！”

听见自家公子开口要赏，侍童嘴角一阵抽搐，难掩心疼地从钱袋里掏出一锭银子，暗想：公子，真是大方啊！

公子莫名觉得背脊陡然一凉，为自己败家找理由开脱：“钱财乃身外之物！”

为免扫了公子雅兴，侍童只得作揖附声：“公子说得极是。”

那老儿得了银子，越发说得来劲，可听着倒觉得有些天花乱坠了。

侍童拂了拂宽袖，凑身低语：“公子，别耽误了正事。”

对，此次出行可是要办正事，怎么一遇上热闹就忘了这茬呢！

若要论汴京城中雕栏玉砌之屋，必数云喜阁为首。

还未入夜，云喜阁内便鼓乐喧天，门柱雕梁画栋，果然名不虚传。真不愧是达官贵人流连忘返、醉生梦死的销金窟哪！

侍童侧身，好意提醒：“公子，擦擦你的口水。”

公子面色一窘，清了清嗓子，挺直了背脊，折扇轻摇掩面唤来鸨母。

鸨母一瞧面相不凡的两位俊俏少年郎，极尽谄媚，手执一把圆绸扇勾魂轻扑，如鹰隼似的眼仔细地打量——

折扇轻抵额的这位少年郎白面红唇，惹人心怜，身着羊脂玉似的上好丝绸，并绣以雅致竹叶镶金绲边的墨黑花纹，腰系佩玉绦子，举手投足间儒雅至极。

大户人家的侍童也长得水灵，身上的绸面非小门小户所能供得起。

鸨母急忙唤姑娘来伺候金主，却被公子一挥折扇无情拒绝。鸨母耳聪目明，拍掌三下，先前排成一排任人选择的娇媚姑娘换成了高挑俊美的小倌。

一见自家公子双眼冒光就要把持不住，侍童恨铁不成钢地掐了其腰身一下："擦擦鼻血，定定心神。"

公子轻嘶一声，稳了稳心神，作势扶了扶有些松散的顶髻，忍痛挥手赶走俊朗的小倌，说明来意："我来寻人。"

"是来寻自家娇郎吧？"鸨母不愧是见过大世面之人，周旋各色人物间，早已练就了一眼便把人看通透的本领，轻易就看穿了扮作少年郎的公子是女儿身。

身份暴露，"公子"不自然地掩面轻咳。

侍童适时出面，在鸨母眼前晃了晃钱袋。

鸨母笑意堆挤嘴角，拂袖逢迎。

一入云喜阁，丹楹刻桷，让人眼花缭乱。纤细腰肢轻晃而过，若不是侍童眼疾手快扶了一把，"公子"怕是一个失神趔趄在此地出了丑。

鸨母得了银子此刻不知躲在哪里乐哉，倒是一柔情娇艳的乐妓环抱琵琶愿为她们排忧。

“公子”一扬衣袖，示意侍童自怀中取出一幅画像——画上之人，眉如墨画，目若秋波，唇如桃瓣……总之，霞姿月韵啊！

她就算只见过画像，亦对他一见倾心！

可没料想，他生得一副好皮囊，却不学无术、花天酒地，真是声名狼藉哪！

她偏剑走偏锋，自有一套驯夫之道！

她们在琵琶女的引路下，来到一间靠东南的厢房，站在门外便闻金石丝竹悦耳之音还伴有阵阵打牙打令。

侍童侧耳，里厢欢声笑语不断，她抱不平低呼：“真是浪荡子！”

“公子”闻声差点要咬碎牙，但自小母亲便教导她，要矜持不苟，她忍，忍……忍不了了！

侍童瞪大眼，看着自家“公子”颇有江湖气势地一脚飞踹开厢房门，不禁拍手叫好。

“公子”理理衣衫，扶了扶微松顶髻，自动忽视厢房内三两抹花容失色的翩若惊鸿，眼直勾勾盯着卧于正前方软榻那抹身影——

一袭冰蓝袍服，玄纹云袖，顶髻以冰蓝绸带系起，额头上戴着同色额饰，衬得他一双剑眉倒竖，看来这一脚飞踹坏了他的好事，扫了他的雅兴！

不过，他长得好生俊俏，比画像上更添一股子英气！

她与他面面相觑片刻，为遮脸红她潇洒一挥折扇，颇有番正宫气势：“琉璃，将这些个美娇娘通通给我赶出去！”

乔扮侍童的琉璃揖手听令，大大咧咧地将那些蒲柳身姿的乐妓全部赶出了厢房，脸上挂着暧昧不明的笑贴心地替他们关上厢房门后，她抖了抖肩膀像个石狮子替他们把守，任谁也无法打扰他们的柔情蜜意。

琉璃按捺住听墙脚的心，却听闻里头忽而传出酒樽坠地的刺耳声，她候在门外急得就差推门闯入了。若不是“公子”发话，她哪肯无所作为呀。

厢房内，她眼睁睁地瞧他一甩衣袖拂落酒樽，未饮尽的酒水悉数洒出。

他歪坐榻头，衣襟半敞，全身散发着不羁却让人情不自禁想靠近，她忍不住仔细打量他，长得倒是一副迷倒汴京城中女子的俊俏模样，奈何脾性……像匹野马？

那又如何？她偏要驯服野马，让他这匹野马成为她的驸马！

见她愣怔原地半晌，他眉尾一挑，开门见山："不知姑娘何事？"

他好好的听乐雅兴就这么被毁了，他总得讨个说法不是？

她却被他咬字咬得格外重的"姑娘"二字所惊吓，完全无视了他语气里因被打扰的不悦。

姑娘？他知她是女儿身？眼光倒是毒辣，她都如此装扮了，竟还被人轻易认了出来，先是鸨母再是他。

被识破女儿身，她顿觉慌乱，下意识地喊了一声："缪岑元！"

闻声，缪岑元不禁眉头轻皱，他与她素未谋面，她怎知他是谁？

他来汴京只不过两日，若是缪家派人来逮他怎会派一名呆头呆脑还扮作少年郎的姑娘家？可倘若是他来京消息走漏，堂堂陈国公主知道自己未来的驸马竟夜宿云喜阁，怎还不兴师动众将他擒下唯他是问？

缪岑元微挺直了脊背，眉宇间都透着对她身份的好奇，语调仍保持平缓，以免打草惊蛇："你知道我是谁？"

那是自然，自个儿夫君的大名怎能不知？

她可是堂堂陈国公主仙岁然！父上与母上视若珍宝的掌上明珠！只要她愿意，没什么事是她不能知晓的。

连缪岑元的画像也是她花了高价让自己贴身侍女琉璃找的可靠之人摹来的。

仙岁然及笄之礼刚过，父上与母上便想着操办她的婚事。

她养尊处优惯了，若远嫁处于陈国边界的缪府，一来她舍不得父上与母上；二来缪府万贯家财可到底是比不上偌大陈国；这三来她与她未来夫君从未谋面，谁知他是丑是俊是肥是瘦?

可一见画像就倾心，二见真人就定情!

虽说他花天酒地、名声破败，可胜在皮囊好啊!

她当机立断，嫁!

仙岁然眼珠子骨碌转着，俗话说一眼误终身，她定是要他这一生误在她这颗无价明珠上!

被他这么盯着，她脸泛上胭脂红，用折扇挠了挠顶髻，她该怎么婉转表露身份，才不会吓跑她的俊俏夫君呢?

可亮出身份，他若是以姑娘家扮作少年郎来此云喜阁为由而悔了与她的亲事那可不值当。

他夜卧云喜阁错在先，她不过是……捉夫?

缪岑元见她目光有意回避，心中了然，遂利落下榻靠近，赤足落地无声，却让仙岁然的一颗凡心蹦跳不停。

她被他逼至厢房门柱，眼见无路可退，她心都跳到了嗓子眼，莫非他是要和她在此烟花之地……调情?

她曾从折子戏里听过闺房情趣，虽说她和他还未行夫妻之礼，可若是他与她心意相通，她也不介意先与他行夫妻之实。

毕竟，她的父上便是这般套路到她母上的——远在陈国内廷的王上仙枝茛正陪王后喆苏在后园庭散步，冷不丁地打了一个喷嚏。

见仙岁然愣神傻笑，缪岑元倒失了逗弄她的心思，反手夺过她手里的折扇，略施惩戒敲了她脑袋一下，堂堂陈国公主竟胆大包天女扮男装混进云喜阁?

被他这么一敲，仙岁然顿时回了神，“嗷呜”一声，眸里都流露出委屈之意——只许州官放火，不许百姓点灯！凭什么他能来云喜阁找乐子，她就不许踏入?

仙岁然越想越感觉憋得慌，索性喊出声：“缪岑元，你欺负人！”

他已与她定亲，怎能流连花丛?再者，她哪儿都比得上云喜阁的姑娘!

缪岑元盯着她气鼓鼓的腮帮子，努力抑制唇畔轻扬。

思忖片刻，他唇瓣轻启，正欲劝她回去，厢房门外一阵骚乱。

02.

鸨母来势汹汹带领一众小厮欲强闯厢房内，琉璃张开双臂与他们陷入了对峙，却因对方人多势众，琉璃直接被两名人高马大的小厮架起来，双脚腾空。

琉璃挣脱无力，遂朝厢房放声大喊。

说时迟那时快，鸨母已带领小厮撞开厢房门。仙岁然一见琉璃被擒，一副火急火燎架势，眼见她就要冲上去与他们争论撕扯。

来者不善。缪岑元意气自若地将冲动的仙岁然一把护在自己身后，以免她不知就里惹出祸端。

鸨母摇扇，婀娜散步上前推开一众小厮，见到本是女儿身偏扮作少年郎装阔气的仙岁然与夜留云喜阁却仍洁身自好的缪岑元心里更是堵得慌。

鸨母面露狞色，将先前从琉璃那儿得到的钱袋猛地往地上一砸，捏着细嗓问罪。

想不到她久经风霜，却因贪财被一个小丫头片子戏耍了，白花花的银子莫名就成了不值钱的石子。

银子变石子，难不成这小丫头片子会幻术？

她打理云喜阁这么多年，拜财神奉风水倒不信邪祟，定是这小丫头趁她不注意偷梁换柱。

仙岁然一脸蒙，银子怎么会变成石子？莫不是这奸诈鸨母讹他们吧?

鸨母一记眼神，小厮会意拥上前要擒仙岁然。

琉璃被缚，心却时刻记挂仙岁然，心急脱口而出：“大胆，你们知道我们是谁吗？”

琉璃中气十足的一声怒吼，成功吼住了如狼似的要扑上去的小厮。

鸨母见状，恼怒地扬扇拍着呆愣的小厮：“你们这些贱骨头还不听我的，去把这小丫头给我绑了？”

小厮们得令，如无头苍蝇似的冲上前，却被缪岑元寒气逼人的眼神硬生生吓得后退。眼前有两位俊俏公子郎，他们一时糊涂不知鸨母口中所说的小丫头是谁。

鸨母恼羞成怒，养厮千日，用厮一时，谁知指望不上。

鸨母啐一口口水，愤愤扔扇，决定自己动手，可指尖还没挨到小丫头的一片衣角，便被不动则已、一动惊人的缪岑元牢牢擒住手腕。

缪岑元只用了三分力，鸨母就蹙眉“哎哟哎哟”叫唤个不停。

“对她动武，小心你脑袋不保。”缪岑元语气冰冷，让鸨母听得感觉心犹在冰窖似的，此刻手腕的疼痛让她根本无暇去想他这话里的深意。

“还不让他们退后？”

鸨母被榆木脑袋的小厮气得脸红一阵白一阵，她命都要撂这儿了，这群狗东西还堵着前路。

“让开，还不让开！想看我把命搭这儿？”

仙岁然寸步不离缪岑元，见形势扭转，故狐假虎威地挺直腰背：“还不快放人？”眼神一抛，示意小厮松开琉璃。

得到鸨母授意后，小厮们麻利地松了手。

琉璃甩着胳膊松松筋骨，小跑到仙岁然这靠山身旁贴着。

鸨母被要挟的消息顷刻便传遍了云喜阁，有伺机而动的小厮、惊慌无措的云喜阁姑娘，其中不乏看好戏的客人。

人多口杂，闲言碎语随之而来。

缪岑元与仙岁然身份引发众人猜测。

缪岑元唇瓣紧抿，面露难色。虽说他化名乔装进入汴京城内，城中对他了解之人微乎其微，可仙岁然的闯入似乎让这一切发生了变化。

仙岁然乃堂堂陈国公主，虽未在世人面前露过真容，可难保有心之人躲在暗处以此大做文章，有损她清誉。

眼见他们势单力薄被堵在云喜阁内，周遭不知有多少是鸨母的人，劣势渐显。

仙岁然手轻揪着他的云袖，一脸愁容轻声道：“缪岑元，当下我们好似瓮中之鳖，这可如何是好？”

缪岑元眉心松动，嘴角翘起一抹弧度，既然棋难进退，不如打翻这盘棋，顺其自然吧。

“哎，你倒是想个法子啊！”仙岁然心中一紧，他这毫无求生愿望的淡然一笑是怎么回事?

仙岁然忽觉苗头不对还来不及劝阻，便见缪岑元忽而一松手。

她暗叹：糟了！

鸨母一恢复自由，利索地逃到自以为安全之地，果断下令：“把他们都给我丢出去！”

本想着将他们囚在云喜阁后院柴房好好鞭打解解气，可手腕上传来的痛让鸨母不由得后怕。

虽说银子变成了石子，可他们身上与生俱来的富贵气让她忌惮，为免云喜阁惹上大祸端她只得咽下这个闷亏。

将他们丢出去，让他们在大庭广众下抬不起头，也算是解了气。

鸨母一声号令，伺机而动的小厮们便蜂拥而上，将他们团团围住。

局势逆转，人为刀俎，他们沦为鱼肉！

仙岁然护犊心切护着琉璃，试图以凶狠眼神吓跑他们的法子失灵了。眼看如狼似虎的小厮就要扑上前，仙岁然将希望全押在了缪岑元这株救命稻草上。

他先前凭气势压倒一众小厮，单手就钳住了看似恣睢实则纸老虎的鸨母，看他这身风骨，以一敌众也不无胜算。

可他偏偏束手投降了！

小厮如有天助，个个生猛强硬将他们轻易钳制扭送出云喜阁。

鸨母心里解气，眉开眼笑地落井下石："给我狠狠地丢出去！谁若心软手轻了，我定不饶他！"

云喜阁内动静闹得不小，引得一众看客好奇地聚拢在云喜阁外。

小厮下手没轻重，一心记着鸨母的吩咐，像抛簸箕里的稻谷似的将他们一齐丢出去。

仙岁然自是不甘，一路都在挣扎欲逃，奈何她不敌人多势众的那群小厮。

相互厮扭中，仙岁然不知被谁使了绊子，脚下一踉跄，身子没有倚靠往后猛坠，眼见脑瓜就要狠狠磕地——

腰肢被轻轻盈握，天旋地转间，琉璃的担忧之号、看客的一片哗然，她听得清清楚楚。

宽长云袖一扬，覆住她顺势倚在他胸口的脑袋上，两人猛地倒地，他以人肉垫子护她，她才不至于脑袋开花。

仙岁然拧着细眉，心跳加速，呼吸紊乱。

鼻间是他周身清甜醒神的味道，不是脂粉香味，不是醉人酒香。

见公主被这群不长眼的狗东西如此苛待，琉璃怒火腾升，不知哪里来的气力硬生生挣开人高马大的小厮的钳制，往前扑腾一跪伏在仙岁然跟前。

“公……”几乎脱口而出的“公主”二字蓦地止住，琉璃面露担忧，“公子，你没事吧？”

若是公主受半点伤，整个云喜阁都逃不了干系！

听闻琉璃的号啕，仙岁然这才抬起晕乎乎的脑袋，单手摸了摸顶髻，她还以为她要去一睹阎王之颜了呢。

仙岁然傻呵呵一笑：“我好得很！”一激动一掌无意拍在了缪岑元的胸口上，力道堪比胸口碎大石。

缪岑元闷哼一声，仙岁然才恍然想起为她奋不顾身的夫君。

她露出一张灿烂如骄阳的笑脸，直勾勾地盯着俊朗出尘的缪岑元，恋慕之心毫不遮掩。

为免心动摇，缪岑元毫不怜香惜玉地拂开仙岁然，站定身子轻甩云袖，墨黑眸子一扫震慑全场，四周顿时鸦雀无言。

本不想太扎眼被有心之人抓住把柄，却害得她差点受伤，以她安危去赌，是他思虑不周了。

他这次奉父之命来汴京便是为了操办与公主的婚事，公主金枝玉叶与他婚配，定是不能让公主受了委屈。

缪家行商几代，汴京城中却无府邸，他此番便是遵父之命在汴京寻得一块好地皮开府。

他来的这一路，有人心存不安分，他只得辟条不同寻常之路留宿云喜阁以避人耳目，只是他未料到公主竟然女扮男装偷混而来只为逮他！

鸨母从众人中挤出来，欲揪住这事不放。

缪岑元倏地扯下腰间一块通透美玉，嗓音中透着让人不寒而栗的冰冷："以此玉一笔勾销。"

鸨母眯眼打量，不挪一步，她哪知道这会不会又是以假乱真的把戏？

见缪岑元要收回，鸨母一个箭步冲上前来夺美玉，一边偷瞄美玉成色，一边挤着油腻笑容："好好好，一笔勾销！恕我眼拙，这位公子出手阔绰，请！里边请！"

鸨母眼角笑出褶皱，出手这么阔绰的公子哥，可不能让煮熟的鸭子扑棱翅膀飞走了。

仙岁然眼疾手快地拉住缪岑元的云袖，惊讶道："你要再回云喜阁？"

好不容易才与他一同出了这云喜阁，他偏还要回去？哪有出了狼窝再入虎穴的道理？

缪岑元这个家伙是傻了，还是故意气她？

仙岁然拉着缪岑元的云袖不松手，哪承想鸨母竟公然和她在长街上抢起了缪岑元！

嘀！仙岁然怒火中烧，就差没有满嘴污言秽语与鸨母当街对骂了，他可是她名正言顺的夫君哟！

"缪岑元！"仙岁然气急，脱口而出他的名字。

她明显感到缪岑元的身子怔了怔，鸨母一瞬失神，她顺势隔开他与鸨母的距离，她的夫君可不许他人觊觎，谁想抢走她相中的夫君，除非从她的尸体上踏过去！

等等，尸体？恐有不吉利！天灵灵地灵灵，各路神仙妖魔无视她一时兴起的毒誓啊！小女年纪尚轻，还未成婚立家，可不想做一个孤魂散鬼！

“缪岑元”这个名字犹如洪水猛兽，先前看好戏之人尽数退散，云喜阁大门乍然紧闭不迎客。

长街上只剩他们三人，风卷起地上的尘土，有抹萧索的凄凉。

仙岁然吸了吸鼻子，见不费吹灰之力便逼退众人，她开怀一笑，一掌劈在缪岑元后背上：“早知你大名如雷贯耳，咱们也不用受此待遇了。”

缪岑元倒吸一口气，抿唇忍痛，嗓音压得极低：“公主，你该回宫了。”

仙岁然双眼瞪得如铜铃，惊讶捂脸：“你你你……你知道我……是谁？”

仙岁然忽觉身子疲软，需琉璃搀扶才不至于腿软瘫倒。

完了！她身为公主的一世英名！全毁了！

堂堂公主扮作少年郎混入云喜阁去寻夫君，若传出风声，被编成折子戏广为流传，那她真的是无颜再见百姓啊！也无颜去汴京第一楼品一绝烤鸭了！

见仙岁然这般花容失色，缪岑元眼尾上挑，难掩笑意。

她腰间配宫中内廷独有的绦子招摇过市，实在太过惹眼。

至于汴京城中人闻他名便如避瘟疫，不过是不想得罪陈国未来驸马爷，以免无故惹祸上身。

琉璃见公主哭丧着脸，一副丢了魂失了魄的样子，掩不住心疼道：“公主，你别吓琉璃呀，琉璃胆儿小。”

仙岁然步调不稳，头歪靠在琉璃肩头：“琉璃，日后我恐怕只能蒙纱示人了。”

脸面已然丢尽，她怕是要沦为汴京城内百姓们茶余饭后的笑料了。

不如……趁此机会将她与缪岑元的婚事提上日程，嫁入缪府以避悠悠众口。

此乃妙计！妙哉妙哉！

仙岁然装了半晌柔弱，缪岑元却对她置若罔闻，她郁结，她好歹是他未过门的娘子哎，竟对她这朵娇花不闻不问，真狠心！

03.

须臾，便闻整齐行进的步调，几排盔甲护卫声势浩大，将他们团团包围。

琉璃见状，头脑清醒地亮出宫牌，以免他们不长眼伤了公主丝毫。

领军将领带头恭敬揖手，他奉王上之命护公主性命无忧——王上仙枝莨深知自己掌上明珠的性子，遂下令未危及性命无须救驾。

仙岁然嘴角一抽，未危及性命无须救驾？她还是父上视若珍宝的掌上明珠吗？

看这阵仗，一惹了祸似要被体面请回去……责罚？她哀号！

未到一炷香的时间，陈国公主扮作少年郎潜入云喜阁捉风流倜傥的未来夫君缪岑元的事不胫而走。

汴京城内流言四起，王上得知此事后大发雷霆。

事关家事，以免再落人口舌，王后只得先安抚王上怒气，再商议此事。

公主殿内，仙岁然梳洗完毕，正坐铜镜前，一头乌黑如瀑的青丝被琉璃巧手用盘发簪随意一绾，并缀以紫玉坠子的步摇装饰，正配这一身雅紫襦裙。

仙岁然盯着铜镜出神，指尖有意无意地把玩着绣以银线蝴蝶的淡蓝披帛，不由得担忧被禁别殿的缪岑元：“琉璃，他如何？”

琉璃为仙岁然戴上银铃耳坠子，道：“现下性命无忧。”她瞄了一眼铜镜里一脸愁容的仙岁然，“这次王上甚是恼怒，恼公主您私溜出宫，更怒驸马爷竟不顾王宫颜面，不念与你已定亲，厮混烟花之地……欲退了这门婚事……”

仙岁然抿唇，一听要退婚，腾地起身：“我要去见缪岑元！”

见状，琉璃急了，手里还捏着另一只耳坠子追上前：“公主！”

仙岁然前脚还未迈出殿外，把守殿外的内廷侍卫后脚便上前俯首揖手。

“让开，我要出去！”仙岁然拿出一腔派头作势要闯出殿。

“公主，还请莫为难我们当值的。”内廷侍卫语气恳切。她若再硬闯，便显得她这公主不得体，无理取闹了。

琉璃轻拽了拽仙岁然的衣袖，嗫嚅道：“公主，我们……还是回殿吧。”

仙岁然眸光一黯，愤甩衣袖撒气。

区区内廷侍卫把守就想困住她？太小看她了。

正殿门把守森严，她……自有法子！

琉璃惶恐不安地搓手，生怕动静引得值守殿外的内廷侍卫怀疑，低声道：“公主。”

仙岁然从窗棂探出脑袋，笑语盈盈：“琉璃，快点！”

此窗棂乃是秘密打造，仅她与琉璃知晓，以殿内观赏屏风做掩护，将窗棂掩藏，至今无人疑心。

先前她与琉璃私溜出宫去寻缪岑元便是经此钻了侍卫把守的空子，一路从偏僻无人值守的后宫内廷偷溜出宫的。

缪岑元被关的偏殿在一片郁郁葱葱的竹林后，这里常年无人居住，遂无人打理，很是破烂不堪。

仙岁然与琉璃鬼鬼祟祟贴着墙边卑躬挪步，生怕被值守在偏殿的侍卫发现。

绾发上的步摇随风轻轻摇曳，仙岁然转念一想，她堂堂公主何须偷偷摸摸鬼祟如贼！

这是陈国内廷，偏殿里是她的夫君，她来瞧一眼有何不可？

片刻，仙岁然挺直脊背，示意琉璃搀扶她，她要让缪岑元瞧一瞧，她可比云喜阁里的姑娘摇曳生姿。

侍卫一见公主亲自驾临，面面相觑犹豫再三，这才放行。

仙岁然示意琉璃给他们赏银，有眼色的人确实该赏。

推门而入，殿内陈设寥寥无几。

缪岑元一袭冰蓝袍服立于画案前，左手轻捏右手袖口，右手握狼毫提笔挥洒，犹如画中人，低眉凝眸间让她一颗凡心如烟火绚烂。

“你还要正大光明地看我多久？”缪岑元将笔搁于青玉石笔架上，抬眸将她的痴样收入眼底，瞄了半晌她只戴了一只耳朵的耳坠子才悠悠敛回视线。

偷看他被逮个正着，仙岁然脸不红心不跳，甩袖踏步，义正词严：“我看我的夫君，有何不妥？押你回宫完婚，你是我名正言顺的夫君，天下皆知。”

缪岑元几不可闻地轻叹一声，论歪理功力她天下第一。

“家父已得王上召令动身赶往汴京，想必是为了我与你的婚事……”

仙岁然愣神思忖，长辈相见，定是商议他们的婚事，他既已弱冠，她也及笄，婚期是该提上日程了……

仙岁然从出生起，便与常人不同，命里水逆不说，天生与鬼神圣灵犯冲。

每逢中元节，父上与母上便百般说辞将她困于宫殿——中元节鬼门大开，鬼物生灵作祟，以免她碰上百鬼夜行等不洁之物，沾染她眼。

身为陈国公主却无法尽公主之职为陈国祈福诵经，她心里总过意不去。

可她心里清楚得很，她自身招惹鬼神圣灵，若无佛木符佑她，她怕是也不能安然度过这么多年。

虽说上苍对她不公，但也不薄，好歹与她命定姻缘之人玉树临风、风流倜傥。

他表面佯装风流毫不怜香惜玉，实则却是嘴硬心软。

“早日完婚，也好让你心归家府。”仙岁然双手背在身后，俨然一副严妻之态。

“公主。”缪岑元无情打断仙岁然的飘远思绪，白净修长的手轻执起案桌上的宣纸，“悔婚书还请公主过目。”

悔婚……书？仙岁然双眼蓦然睁圆，一脸难以置信地提裙上前。

她一把夺过他口中所说的悔婚书，情真词切，当真是字字诛心。

她是仙岁然，是陈国公主！他想悔婚？她偏不遂他的愿，她看中的人五花大绑也要夺得，何况区区逼婚小事！

仙岁然利落地撕毁墨迹未干的悔婚书：“缪岑元，你这辈子都别想甩开我！”

缪岑元盯着她气鼓鼓的脸，心中微涩，喉咙发干：“公主莫强人所难。”

“我是公主，何人敢不遂我心意？”仙岁然说得心里发虚，折子戏里说过，强扭的瓜不甜，可她偏偏想尝尝强扭的瓜是何滋味？

父上将缪岑元关押在此是明智的，待他们完婚，他便再也无反悔之机了。

仙岁然转身欲出殿，走了几步却又折回来，从袖里摸出衿缨，撒气似的愤愤塞入他的手里。

这可是她让琉璃教她的针脚，她一针一线熬了好几个通宵做出来的呢，里头的香料也是她亲自调配。

看着她摔门而去，缪岑元紧握着衿缨，迈步欲追，却又生生止住脚步。

嘴角浮出一丝苦笑，这不正是他想要的吗？

他奉家父之命来汴京买地皮开府为迎娶公主做准备，可他赴汴京却夜宿云喜阁，故意放出消息让公主知晓，便是想让公主失望至极而主动退婚……

望风折返的琉璃远远瞧见公主如壁虎伏于门上，耳朵紧贴静听殿内动静。

琉璃挥手支走值守偏殿的护卫，缓缓靠近，不自觉压低声音："公主？"

心虚的仙岁然经不住琉璃这悄无声息的一吓，脑门猛磕上门，动静不小，引得殿内的缪岑元心猛然提起。

“琉璃，你要吓死我？”仙岁然努力抑制声调，以免被缪岑元知晓她在殿门前偷窥。

琉璃一脸委屈，仙岁然见状也不忍开口责骂，轻揉着脑门：“我们偷溜出宫殿之事还未被发现吧？”

琉璃直勾勾盯着仙岁然脑门上磕红的一片，心疼地拧眉：“未被发现。”琉璃欲言又止，显眼地偷瞄她却被仙岁然逮个正着，琉璃只好如实相告。

原是她们来见缪岑元之前，缪岑元竟欲翻墙离宫逃婚，他躲过了宫中巡逻守卫的护卫，却被神出鬼没的暗卫当场逮住，行迹败露，被扭送回偏殿。

仙岁然扬拳，拧眉磨牙，他不仅提笔写悔婚书……竟还逃婚？

那她就来个霸王硬上弓、生米煮成熟饭，看他还如何抗旨悔婚。

琉璃一听此计，面露绯红，结巴道：“万万不可，公主！”

仙岁然伸手轻敲着琉璃的脑袋，心意已决：“照我的吩咐去做。”

“公主……”琉璃带着哭腔。

“快去！”仙岁然轻声催促，眼珠转悠，轻哼戏调。

天色渐晚，春宵一刻值千金！

琉璃听令备了酒菜，偷瞄了一眼今夜势在必得的仙岁然，默默退出偏殿。

烛火轻燃，仙岁然佯装泰然端酒而饮，却呛咳得满脸通红，她用余光偷瞥一眼端坐软垫的缪岑元，一派正人君子作风让人忍不住想要越矩轻薄他一番。

仙岁然谄媚替他斟酒的模样让人不起疑心都难，五次三番让他尝一尝这壶佳酿，目光与他一对上，她便心虚地低头挠耳。

这酒有问题。

缪岑元唇畔忽而染上一抹了然的笑，手一伸将酒壶攥在自己手里，温柔轻语地替她斟满酒樽。

仙岁然招架不住他突如其来的温柔之举，兴致颇高地饮酒过量，本想浅尝辄止办正事，酒过三巡便将正事抛诸脑后——将缪岑元一举拿下!

缪岑元倒一滴未沾，不胜酒力的仙岁然却醉得迷糊。

她脸泛霞红，眯眼犯晕，一手高举酒樽，一手托腮凝望："咦？缪岑元，你怎么多长了个脑袋？"

话音刚落，她便冷不防打了个酒嗝，手提裙袖轻拭嘴唇，唇脂印于雅紫襦裙上，绽放如桃花。

缪岑元盯着她晕染在唇边的唇脂，倾身越过桌身，蠢蠢欲动的手缓缓靠近，却被她蓦然一睁眼吓得全身颤了颤，额角冷汗浸出。

仙岁然双眼脉脉含情，眼疾手快地执过缪岑元修长白净的手，拉到她原本白皙如脂却因酒泛红的脸颊上轻蹭："夫君……"

她唤的一声娇滴滴的"夫君"酥得缪岑元骨头都要软了，若不是她醉酒松手，他怕是也不能猛然心惊回神，差点……他就想从了她罢了。

不管宅府勾心斗角，不顾朝廷权力制衡……他虽身担缪家嫡子与陈国驸马爷双重身份，可他只想与自己所爱之人相伴一生。

缪岑元盯着她在烛光中扑闪的睫毛半晌，重重呼出一口气，动作轻柔地从她手中抽出酒樽。生怕闹醒了她，她又会不顾公主身份做出奇怪举动。

他看她睡得如此香甜，眉心轻拧，她当真以为他非比常人坐怀不乱？

04.

偏殿大门一开，微弱烛火迎风摇曳。

缪岑元敛起一脸温柔，警觉回头。

来人脚穿浅踏有意放轻步调，一袭白色狩衣，头戴立乌帽子，手执蝙蝠扇，清冷俊美的脸隐没在橘红的烛光里，一双邪魅足够勾魂摄魄的桃花眼此刻半眯，眼神锐利。

不省人事的仙岁然倚在缪岑元怀里，在旁人看来两人举止亲密。

缪岑元手执宽袖轻拭她晕染的唇脂，冷面正色道："不待通传便擅入偏殿，不知该怎么责罚才能抵过？"

"缪岑元，百闻不如一见。"

被唤大名的缪岑元身躯一震，此人着装异于常人，他与此人未曾谋面，此人却识得他？

缪岑元皱眉凝眸，声音冷冽："你是谁？"

"阴阳寮新上任的阴阳师，神东迟。"神东迟紧盯着缪岑元揽住仙岁然的臂膀，腮帮子紧凹，为不越内廷礼仪止步不前。

师承阴阳师，不负他待如父亲般的师父安令奇明的厚望，他此番奉旨得诏入宫，一是为朝廷占卜行事的吉凶，二是为公主仙岁然及笄之礼后的大婚选个良辰。

他深知自己的身份与肩负的重任，也知道缪岑元是公主的未来夫君，更知他只是为保陈国安泰、为佑公主一世平安的阴阳师，仅此而已。

“夜已深，公主该回殿歇息了，虽说你与公主有婚约在身，但还未行成亲之礼，公主夜宿偏殿恐有不妥，礼仪之教不可违。”

缪岑元将神东迟转瞬即敛的敌意尽收眼底。

若不是琉璃急匆匆入殿打破剑拔弩张的氛围，今夜内廷怕是不安宁了。

琉璃见到神东迟一时惊诧得忘了行礼，被他冷面一记低喝吓得身躯一颤。

“愣着干什么，还不扶公主回殿休息！”

“是。”琉璃垂手乖巧应道，搀扶醉酒入梦的公主回殿，不敢有片刻的耽搁。

若是神东迟知晓公主今夜所安排之事，他对公主无法重罚责骂，受苦的便是他们这些侍奉之人啊。

常年在宫中做事之人都知神东迟面容温柔实则冰冷疏离，若行事无手段，安令奇明又怎会在他弱冠之时便将阴阳寮交付于他。

神东迟五年前师承安令奇明担任阴阳师之职，肃清阴阳寮残支干党，整治阴阳寮内外腐败，雷厉风行的手段令朝中大臣忌惮。

朝中大臣为一己私利联合上书奏本王上，言辞恳切立意明确，望王上废除阴阳寮，将以阴阳师为首的占卜阴阳道士赶出陈国。

列满罪状的参奏却不翼而飞，指向神东迟用祟灵销毁于他不利奏请的流言不胫而走，王上为平朝廷议论下令彻查此事，却因无迹可循而不了了之。

对此事满腹疑虑之人暗中调查，终因神东迟行事无机可乘而碰壁。

半开的窗棂偷灌入夜风，拂起他们飘长的青丝。

两人面面相觑，缪岑元敛眸撑桌而起，双手背在身后：“阴阳师入宫不回阴阳寮，夜闯偏殿是何意？”

神东迟面不改色，手紧握蝙蝠扇柄：“我奉王上诏令回宫，途经公主殿外听闻公主私扰偏殿，特赶来瞧一瞧，怕公主扰了你的清静。”

“是吗？”缪岑元眼尾带笑却冷着脸，既知公主来此却不招摇，真是为公主考虑啊。

“夜深了，你也该歇息了，告辞。”神东迟话音一落，利索出了偏殿不再逗留。

直至偏殿的光亮隐没在夜色里，神东迟才停步回头，眸里闪过一丝令人捉摸不透的深意。

05.

头疼！脑袋里似钻进了蜜蜂嗡嗡作响，扰得仙岁然美梦难续。

脚猛地一抽筋，疼得她乍然惊醒，一个鲤鱼打挺起身，拧着细眉双手掰扯着脚底板，待揉得好受些了，她这才打起精神环顾殿内。

眼珠子直转悠，她抬手敲了敲脑袋，她还没醒？她不应该和缪岑元在偏殿吗？怎么她又回来了？

“琉璃！”嗓子似琴弦断了一般嘶哑一鸣，仙岁然双手覆在喉咙处，猛咳几声，差点咳出三魂七魄。

“醒了？”一记低沉、细辨却暗含温柔的声音在她耳边化开。

仙岁然被这陌生的男声吓得三魂丢了两魂，颇有被调戏的气势，随后她大喊救命。

“小仙。”

仙岁然闻言噤声，可嘴巴仍保持张大的动作，她仔细地盯着屏风后的那抹颀长身影，从小到大，只有一人如此唤过她。

神东迟，她的亦师亦友。

神东迟着一袭白色狩衣，手捧色彩鲜艳的壶装束从屏风后走出来。

自五年前，神东迟师承阴阳师后，因其师让他返东瀛以精进修阴阳道，她便与他再也没见过面了。

即便他不在陈国，她每年的生辰他却从未忘过，托人越洋送来的物什甚合她的心意。

仙岁然一见神东迟，便喜上眉梢一跃而起，连珠绣鞋都来不及穿，赤脚奔入他早已张开等候的怀抱中：“神仙！”

“神仙”这名是神东迟做她儿时伴读时，她一时兴起唤的，一唤多年，便再也改不过口了。

他说，他喜欢这个名，似能潇洒恣意。

一别五年，他相貌依然，身材瘦削却匀称结实，明眸依旧如星。

神东迟一手托着壶装束，一手顿在她青丝如瀑的发顶，任由她蹭在他的怀里。

“然儿，”神东迟眉心轻拧后舒展，谨遵身份有别，不动声色地与她隔开距离，“我给你带了一套东洋贵族女子的壶装束，作为你迟来的及笄之礼。”

仙岁然眯笑，如获至宝似的轻托过壶装束，颜色鲜艳张扬，绸面绣花精致，她赞道：“好漂亮。”

“然儿喜欢吗？”

“喜欢喜欢。”仙岁然拿着壶装束在自己身上比量，“尺寸正好。”

神东迟眼含深情：“就是照你尺寸找的上等裁缝定制的。”顿了顿，问道，“然儿，来年入夏，东瀛有天神祭，你愿与我一同去吗？”

仙岁然一听要越洋游玩，干脆答应：“好啊。”

神东迟敛眉一喜，来年可期。

琉璃端铜盆而入，向公主与神东迟行了礼，便安静地绕路至镜台。

昨夜公主行事莽撞，她身为公主的贴身侍女却未多加劝阻，她自知有过错。

仙岁然一眼就瞧见了今日格外安静的琉璃，不明所以：“琉璃，你今日格外寡言，出什么事了吗？”

话音刚落，仙岁然便觉察不对劲，昨夜她造谋意图灌醉缪岑元欲行不轨，可今儿一早，她却在自个儿宫殿醒来，衣衫完好……莫非王上与母上已听闻此事?

“糟了！”她要去瞧一瞧缪岑元是死是活!

神东迟自是知晓她神色如此慌张是为谁，面上黯然，心忽而闪过一瞬自私：“然儿。”

仙岁然衣袖被神东迟一攥，猛然后退，她内心焦灼，牵挂缪岑元安危。

“缪岑元性命无忧。”

仙岁然松了一口气，安好便好。

她抬眸，满脸疑惑被神东迟收入眼底，他不温不火解释：“你昨夜醉酒偏殿，我让琉璃送你回殿。”

“神仙，你昨夜入宫的？”

神东迟点头，又道：“你与缪岑元虽有婚约在身，但总未行成亲之礼，大婚前，还是要掌握分寸避嫌。”

一想起昨夜她想做的荒唐事，脸便染上霞红，她喃喃道：“我知道。”

神东迟眉头一蹙，手执蝙蝠扇轻敲她肩头，拂开一团戾气过重的黑雾，怕她疑心多虑，遂编造一个由头：“衣衫沾染了酒渍。”

仙岁然听信，耸肩扭头张望，却被神东迟一柄蝙蝠扇敲击脑袋，她吃痛惊呼。

“去换身衣裙，不然你如何向王上与王后请安？”

仙岁然了然，佯装起狐狸鼻尖轻嗅，唤来一声不吭待命原地的琉璃替她梳洗换衣。

“佛木符带在身边吗？”神东迟不放心地问道。

仙岁然点头，佑她平安的佛木符她自然带在身边。

仙岁然自出生便命里水逆，与鬼神圣灵犯冲。

每逢七月半，鬼门大开，邪祟灵力强大，为保她安然只能将她困于宫殿，随着她年岁渐长，以佛木符驱鬼物生灵不洁之物，佑她平安。

除七月半邪祟冲破自身束缚能伤她，平日鬼物生灵因惧佛木符威力是万万不敢靠近她一步的，可怎么……未成形戾气过重的黑雾能近她身?

仙岁然莞尔：“牢记神仙之言，万不敢忘记，时刻带在身边。”生怕他不信似的，她从里袖摸出佛木符在他眼前轻晃。

五年前离行之际，他送以佛木符以替他守她平安，他离开陈国一是听从师父吩咐精进阴阳道，二是为寻得她自身招惹鬼神的根源以根治，却无迹可循。

如今看来，她招惹戾气鬼神圣灵的气道怕是连佛木符也控制不住了。

第二章

◆

- 你以身相许，以报我救命之恩。

01.

听闻公主扮作少年郎潜入云喜阁捉未来夫君缪岑元一事，缪行尚奉王上诏令日夜兼程觐见王上。

身居偏殿的缪岑元收买了看守他的侍卫，得到家父已入宫的消息。

神东迟被王上召见为公主与缪岑元选良辰吉日完婚。

约莫一炷香时间，宫中便有公主与未来驸马婚期已定的消息。

仙岁然偷偷躲在宣殿门外听墙脚，却被父上仙枝莨逮个正着，因此便与未来夫家主父缪行尚毫无准备地谋了面。

仙岁然敛起大大咧咧，佯装端庄有礼拜见未来夫君的父亲，缪行尚谦谦回礼。

自公主降生匆然见过一面，时光荏苒十几载，当年襁褓中的婴孩早已出落得亭亭玉立。

“吾儿岑元不思进取、混迹花酒之地，是我教导无方，还望王上、公主恕罪。”

仙岁然一见缪行尚对她一小辈行此大礼，心里过意不去，忙扶起缪行尚，嘴甜地唤他一声“爹”。

缪行尚闻言，欣喜异常：“公主，你唤我为甚？”

仙岁然偷瞥一眼醋意横生的父上，讨缪行尚喜欢道：“您是我夫君的父亲，便也是我的父亲。”

仙枝莨醋意明显，双手背在身后，闷着声音道：“这孩子自小娇惯了，也就嘴甜心善些。”

缪家离汴京虽算不上路途遥远，虽说王后喆苏总拿缪府与王宫内廷一衣带水安慰他宽心，但对仙枝莨来说，他的宝贝然儿嫁出陈国都城外便是千里迢迢。

可他就是舍不得他捧在手心里的宝贝嫁做人妇，还是嫁给一个厮混云喜阁的浑小子。

若不是这缪行尚之子缪岑元五行火气旺，能拯救然儿水逆之势，佑然儿一世平安，他才不会听了缪行尚这老谋深算的商贾老儿几句言语，便赦免了缪行尚教儿无方、缪岑元不顾王家颜面与伤然儿之心的罪责。

婚期既已定，仙岁然难掩喜色，想把这好消息告诉缪岑元。

仙岁然一一拜过礼退殿，一路提裙拾级而下，将琉璃遥遥甩在身后。

望着她大步流星，仙枝莨看得提心吊胆，生怕她一个不当心就摔下台阶：“慢点！”

嘱咐随风而散，没入得了仙岁然的耳。

待仙枝莨与缪行尚一边继续商谈着仙岁然与缪岑元的婚事，一边回宣殿内室后，神东迟眸色倏地黯淡，怅然若失地紧捏着蝙蝠扇扇柄。

听闻婚期，有人欢喜那定有人忧。

为给她的未来夫君一个惊喜，仙岁然特意嘱咐琉璃轻手轻脚跟着她绕到偏殿后院。

偏巧，惊喜没送出去，缪岑元倒先给了她一份惊诧。

缪岑元身轻如燕跃出窗棂，落地无声，却未料到与仙岁然打了一个照面。

仙岁然细眉紧拧，给他这个可疑的行为冠以……逃婚之名。

“缪岑元。”仙岁然恼怒咬牙，恨不得将他五花大绑囚于偏殿直至成婚之日。

昨儿他逃宫已被暗卫逮了回来，这次又想重蹈覆辙？公主的驸马爷几次欲逃婚，她堂堂陈国公主的颜面何处搁？

虽行踪暴露，缪岑元仍决意逃宫，轻功踏步轻易地就将仙岁然远远甩在身后。

琉璃勉强追上仙岁然，喘着粗气弯腰扶膝：“公主，我跑不动了。”

仙岁然叉腰恼怒：“缪岑元，你别想逃出我的掌心！”

侍卫呢！暗卫呢！关键时刻通通不见人影！

等逮到缪岑元后，她定要扣光他们的例银！

琉璃生怕触到公主的恼怒处，小心翼翼开口：“公主，不如我们禀报王上，王上一声令下，驸马爷定无所遁形。”

“不可。”仙岁然断然拒绝。

父上本就对缪岑元厮混花酒之地颇有微词，若这次缪岑元闻婚期落跑传入父上耳朵里，那定是天子震怒！比百年未降甘霖还要可怕数倍。

幸好她未雨绸缪，昨夜趁杯酒言欢将从阴阳寮顺来的寻珠粉撒了桌案一圈，他来回走动，鞋底定沾上寻珠粉。

此粉无色无味，不易察觉，用来追踪最好不过。

02.

缪岑元躲过侍卫巡逻，避开暗卫耳目，从把守松懈的围墙旧门一路逃至城外竹林内，还未喘口气歇息便闻林中暗流涌动、一触即发。

“缪岑元！”仙岁然提裙踩入泥泞之地，若不是寻珠粉，她又如何这般轻易迅速就能找到他。

缪岑元心中一紧，凝眸抿唇，察觉到暗处有人埋伏：“小心！”

仙岁然呆愣之际，一支箭从竹林深处以迅雷不及掩耳之势朝她飞来，箭镞如利刃精妙地劈开了飘落半空的竹叶，可见箭术之精准。

脚如被锁链缚在原地，动弹不得，仙岁然想逃也逃不了，眼见箭镞疾来，她闭眼暗叹：完了，她要香消玉殒了！

箭镞从她耳郭倏地飞过，割断了耳畔几绺青丝，手腕被紧紧扼住，身子被圈入结实的胸膛。

仙岁然猛地睁开眼，抬头便见缪岑元人神共愤的下颌线，脖颈上的青筋因有人躲在暗处射杀而恼怒凸起。

厚实似能安定人心的掌心轻覆在她的头顶，如此场面，她还是不要见到为好。

几乎能命中仙岁然的箭矢狠狠扎入挺拔的竹节，竹叶因箭矢的力道震落一地。

缪岑元愠怒，既是摆明了冲着他来，何故出手狠辣置她于死地？

敌人在暗，他们在明，且不知对方有多少人，就算有一成胜算，他也不能带着她冒险。

仙岁然自小在王宫长大，出行都有一队人马贴身保护，哪怕是与琉璃偷溜出宫也是有暗卫奉旨听令，暗中护她周全。

今日生死一念，她从未与死亡离得如此近，若不是缪岑元在她身边，她怕是真要去见阎王了。

仙岁然后怕地紧揪住他的衣袖，结巴道：“缪……缪岑元？”

她的颤音让他心底的柔软冲破牢笼，他轻拍着她的肩安抚道：“没事，我在。”他警惕地环顾四周，压低声音，“能跑吗？”

仙岁然试图让自己冷静，语气坚定：“能。”

“好，我数一二三，你就跑，别回头。”

仙岁然紧张起来，揪着他衣袖的手指节泛白，他是让她一个人跑？

她做不到丢下他一人身处险境："要逃一起逃。"

竹林地势险要，敌人占据有利地形盘踞暗处且箭法精准，他们手无寸铁，如何与他们斗？

"听话。"他的嗓音似有蛊惑，可仙岁然却倔强，坚决不让他一人赴险。

正当他们僵持不下，三箭齐发，杀人之心难掩。

若不是缪岑元身手敏捷带仙岁然灵活躲过，他们必死无疑。

缪岑元护着仙岁然刚站稳脚，一支箭出乎缪岑元意料射来，显然对方无比熟悉他的习惯。

那三支箭只是障眼法，这支箭才是……等缪岑元反应过来，已躲不开了……

仙岁然蓦地睁圆眼，那支箭直朝她的黑眸射来，一箭结果了他们两个人的性命，果真是精明。

仙岁然来不及细想，她只知不能让他受伤，她便以身替他挡下这一箭，箭镞差一点就能射穿她的左肩。

樱粉衣衫瞬间被鲜血染红，天色骤变、乌云翻滚、狂风四起、竹林悲鸣之音震耳欲聋，林中之鸟惊起蹿飞。

黑雾如屏障袭来将他们围困，肉眼所不能见的孤魂野鬼如乌云涌来。

躲在暗处的敌人因突如其来的林中大乱——黑影乱窜飘荡，惊吓得全部撤退。

王宫内廷上空天象骤变，坐于阴阳寮内潜心修业的神东迟神色一紧，猛然睁开眼，手上的佛木之珠颤动，神东迟手掌一覆佛木之珠消弭惊恐之音。

佛木符遇血红失灵，然儿出事了。

神东迟疾步出了阴阳寮，跟随佛木之珠的暗令寻她。

另一边，琉璃带领一众内卫根据公主所留下的痕迹顺利找到了他们，他们立刻高喊捉刺客，遂摸黑冲入树林，欲捉拿刺客归案。

琉璃奉公主之令留于内廷时刻打探消息，以免陈国驸马爷离宫逃婚一事传到王上耳朵里。

琉璃担忧公主，擅作主张向王后喆苏请罪。

思来想去，王后为免此时惊扰王上圣驾，遂暗自调遣自己殿中的内卫随琉璃去寻公主与缪岑元。

一见公主受伤，琉璃伤心难捺，捂面哀号，她才和公主分开这一会儿，公主怎么就受伤了呢。

“公主，公主，您没事吧，您可千万别吓琉璃啊。”

仙岁然拧眉忍痛，她终于体会到比来月事还痛的事了，她觉得左肩毫无知觉，可仍扯出一抹难看的笑安慰琉璃：“我没事儿，快去把射本公主箭的人拿下！”

虽然她表现得极为乐观，可缪岑元却放不下心。

箭法精准、满弓力道，幸而箭镞上没有淬毒。

一见仙岁然仍精神头十足，缪岑元暗暗松了一口气，这箭若是再偏下往右就离心不远了，不幸中的万幸。

“别说话，省点气力。”

仙岁然皱眉，此刻只有说话才能缓一缓她肩上的疼痛。

天色骤黑，耳边似有成百上千道嘶鸣哀号在扯裂她的耳朵，她的心也如蚂蚁啃噬般酥痒难挨。

他们似被黑暗包围，探不清前路，根本无法前行回宫治伤。

现在如不止血，会因失血过多而身子虚冷，缪岑元思虑再三道：“我现在要帮你拔箭，忍得住吗？”

琉璃一听，慌了：“不可啊。”琉璃紧握着仙岁然的手，虽然难掩心疼，却也不知道该如何是好。

仙岁然故作泰然：“嗯。”

她可不想让他觉得她居于内廷，身子娇贵，反正中箭已痛过一次，拔箭再痛一回又无妨。

为尽可能减轻她的疼痛，他特意折短箭杆，因过于紧张以至于劈叉的箭杆划破他的手掌，血顺着箭杆往下流他也并未察觉。

缪岑元拧眉屏息，手紧捏住箭杆，特意伸出另一只手到她唇边，嘴硬道：“要是疼就咬，我可不想再引来敌人。”

仙岁然哼哼，她才不会没骨气地咬他手呢，可她错了，她是真的没想到拔箭会比中箭疼上千倍。

箭杆与箭镞剥于皮肉，堪比撕心裂肺之痛。仙岁然终究没忍住，毫不含糊地猛咬上他的胳膊。

有一瞬，她仿佛感受到魂魄脱离身体，嘴里一股子血腥蔓延。

头脑昏沉，闭眸再一睁眼，天色恢复如常、风停鸟散尽、耳边的嘈杂之音消失殆尽、孤魂野鬼退散。

“公主，公主！”琉璃不敢摇仙岁然，只得一声一声地喊着她，生怕她昏迷。

缪岑元用尖锐箭镞直接钩破宽袖，“刺啦”一声，绣以精美刺绣的衣袖被扯下用以替她止血。

仙岁然疼得闷哼一声，见状，缪岑元神色担忧，生怕她熬不过痛昏睡不醒，遂提出答应她一个条件，只要她保证清醒。

这一招果然奏效。

仙岁然对着缪岑元扯出一抹笑，忍着痛夸赞他的这副好皮囊：“你这模样真是汴京城中怀春少女的属意郎君。”

刚刚还哭得一把鼻涕一把眼泪的琉璃一听公主又有力气贫，她敛起哭意打量花痴的主子，都受伤了还不忘调戏驸马爷。

她真想大吼一句：公主，矜持！

仙岁然自是不知矜持为何物，揪住缪岑元刚才答应的事不放：“你答应我的，不许反悔。”

“嗯。”

“那你以身相许，以报我救命之恩。”

“嗯？”

一见他这蹙眉模样，仙岁然激动得扯到了伤口：“我都替你挡了一箭，你以身相许很过分吗？君子一言驷马难追，你可是答应我一个条件的！”

仙岁然轻“嘶”一声，有些后悔吼嗓了。

眼见缪岑元内心松动，稳妥拿下近在咫尺，她欲乘胜追击，却因神东迟偏巧赶到而功亏一篑。

神东迟本应能更快赶到，却未料到看似一击即败的孤魂野鬼虽松散却极具服从与合作之令。

他与源源不断的孤魂野鬼纠缠于内廷与城外围墙处，他们将他拖住的目的性强烈。

神东迟拧眉盛怒，虽公主未让鬼物伤及，却中了凡人之箭，遇血红而祸临头。

神东迟疾步上前，对缪岑元没有好脸色，他心中了然，然儿定是为了缪岑元而受伤。

缪岑元被神东迟强硬撞开，眼见神东迟臂膀托起受伤的仙岁然，他蓦地拦在神东迟的面前，两个男人冷面相觑，谁也不让步。

琉璃偷偷打量，不知该如何开口。

“我是她的夫君，送她回宫就不劳烦阴阳师了。”缪岑元紧盯着神东迟蕴藏深意的双眸。

缪岑元一扬破损的袖袍，作势抱回仙岁然，却因仙岁然昏沉中因肩上的伤眉头紧拧而作罢。

他若逞一时意气赢他快意，伤了她便也不值当，她中箭伤口极深，需要及时医治。

神东迟语气冰冷：“缪公子，还劳烦你挪步让行，公主玉体有损，经不起耽搁。”

琉璃暗暗着急，想开口却插不上话。

为了仙岁然，缪岑元退让。

神东迟未有半分迟疑，抱着仙岁然疾步回宫，并吩咐琉璃尽快请太医。

缪岑元立于原地，双手紧握成拳，眼底疚意滋生，若是可以，他宁愿自己替她受了这份苦。

缪岑元眯眸紧盯着地上被折断的箭矢，三角形的箭镞、竹制的箭杆、鹏鹘之羽所制的箭羽。

箭镞之下的箭杆边缘还嵌有细小月牙倒钩，刺入肌肤后因受力难免更疼痛难忍，不细瞧都难以察觉，可见刺杀之人用心之狠毒。

箭矢看似平常无奇，可那制箭杆的竹却是陈国边界一种依山傍水独有的竹子。

那是缪府制箭矢箭杆的必备。

03.

琉璃去太医廷请了太医为公主医治，公主遭刺客所伤的消息不胫而走。

王上与王后得了消息移驾公主殿内。

王后坐于床畔轻抚着然儿苍白的脸，泪如雨下。

内室里传来王后低低的抽泣声，王上听得心疼，勃然大怒要彻查此事，捉拿刺客归案。他们将公主小心地捧在手心里，生怕她磕碰一丝一毫。

如今，她却遇上刺客，还受了伤。

琉璃跪于床前请罪，压抑哭声，说是她没有照顾好公主，是她的错。

王后紧握着然儿的手，一边拭泪，一边问琉璃究竟发生了何事。

事关公主安危，琉璃不敢有所隐瞒，将自己所知所见一五一十全部告知。

殿室外，王上从神东迟口中得知，然儿受伤之时缪岑元伴在身侧。

缪行尚在旁听闻此言，心中预感不妙，却因恪守圣前礼仪而不敢妄言。

王上心中大疑，欲让人去请缪岑元当面质问，不料缪岑元竟主动负荆请罪，将公主受伤一事全揽在自己身上。

若不是为救他，她怎么会受伤。

“缪岑元！我还未将然儿交与你，你便让她受了伤，你让我如何放心你是然儿的所托良人！”

缪岑元跪拜圣前，诚心揖手，语气坚定：“臣愿戴罪立功彻查此事，绝不让公主枉受此苦。”

既然要彻查，那便由他来。

缪家内斗以至缪家脸面无法得以保全，终究是身为缪家人的过错。

他奉父之命离府来京，一路低调避耳目，风平浪静，却不料父亲奉旨入京这日，便有人按捺不住杀心。

从前，看在同生于一府的情分，他得过且过，可他的纵容与退让却让对方得寸进尺，在天子脚下、汴京城门外便动了手。

伤了仙岁然，这笔账，是该好好算。

内室里，为公主医治的太医满腹疑虑叩见王上。

王上挂心公主的伤势："如何？公主无碍吧。"

太医叩拜娓娓道来："公主伤口虽深，但无碍。"

太医欲言又止，王上心急追问："怎么了？"

"臣有一事不明，"太医微叹一声，"按理说公主的伤慢则半个月，快则十天便好，可依老臣所医，公主伤势转好，不出三日便能痊愈。"

王上一听公主无事也没时间去细想然儿伤势为何好转得如此之快，他只求然儿平安无事。

神东迟听闻太医的话，心中起疑。

他抱她回殿后，察看过她的伤口，若射箭力道再多一分，箭镞便能刺穿她的左肩，性命虽无忧，可伤势却不会如太医所说三日便能痊愈。

这其中……一定和缪岑元脱不了干系。

04.

缪岑元奉旨追查公主被行刺一事，得令后遂返偏殿。

公主是为他才遭此罪，若他不是公主未来夫君，哪怕他以彻查行刺之事戴罪立功，王上也不会轻饶了他。

缪行尚紧随缪岑元之后进了偏殿，他刚才在公主殿室外真是吓得不轻，生怕王上一个恼怒降罪于元儿，迁怒于缪家。

“元儿，究竟是怎么回事？”他这前脚刚入宫与王上商议他们的婚事，后脚公主便因自己的儿子遭了行刺。

缪岑元凝眸，手紧攥成拳，被箭镞划破的伤口因被挤压而从指缝里流出鲜血，可他却毫不在意。

缪行尚见缪岑元不言语，急了：“元儿，到底是怎么了？你说话啊。”

他自知元儿的脾性，表面虽玩世不恭，可内里心思比谁都稳重。

“父亲，您一路舟车劳顿也累了，回殿歇息吧。”

得不到满意的答案，缪行尚虽心有不甘，仍想追问，却败退在缪岑元的软磨硬抗中，最后无奈拂袖离殿。

偌大的偏殿，清冷至极，看守他的侍卫也被王上撤走。

缪岑元背倚着桌案缓缓蹲踞，他无法告诉父亲，城外埋伏误伤行刺公主的人与缪家有莫大的关联，而想置他于死地的人未料到会误伤了公主。

而那个人，正是——他的大哥，缪家二房所出的长子缪岑景。

虽说嫡子素来最被看重，可父亲对缪家长子也寄予了厚望，陈国边界的临址城生意被缪家垄断，这块好生意地，父亲特交与缪岑景打理。

可惜，他的大哥不甘于此，缪岑元在他大哥眼中就是阻挡自己接手家业的绊脚石。

他只愿兄弟和睦，缪家家业他无意，大哥若要便拿去。

但是今日误伤公主一事不可饶恕。

一想起公主为他挡的那一箭，他心便揪紧。

向王上行退礼出殿，听闻太医说公主三日后便可痊愈，他心中的石头才落了地。

藏于里衣衫内的衿缨，馥郁芳香飘远十里，她的心意他知，他的心意她也早有察觉。

看守偏殿的侍卫一走，连偏殿何时来了人他也不知。

一双浅踏映入他的眼帘，神东迟居高临下地睥睨他的懒散模样。

公主为这样的人挡箭受伤，不值。

缪岑元佯装愕然，他与神东迟并无交情，且公主此刻昏迷神东迟更无暇来他这偏殿才是。

“不知阴阳师大人来此有何事？”

神东迟沉默不答，目光定定地落在他被鲜血沾染的右手上，冷冷道：“你受伤了？”

缪岑元探寻到他的眼神，故作泰然地在他眼前抬起手：“你这般关心真是让我受宠若惊。”

神东迟敛眉，看来游魂散鬼确实是因他的血而退散。

当年师父占卜星象算出然儿水逆之势，为陈国、也为然儿，才选了五行火气旺的缪岑元为她的夫君，想不到他既能佑她平安也能替她驱散一众鬼物邪祟。

神东迟从偏殿回到阴阳寮，颓丧地低着头，手轻抚过以古银镀箱体的银箱盖。里面全是他承袭阴阳师前入林捕获的式神，取低级灵的魂魄入银子养式神以蒙混宫中月查，留于他所施法的阴阳寮内，便可保银子内魂魄原貌。若离了阴阳寮，便会幻化成无用石子，一文不值。

里面的十二两假银真式神混杂八两真银，倒真是然儿的性子。

手上的佛木之珠如烫石磨穿他的皮肤，他也毫不在意，他耳畔总回想着缪岑元对他说的那句话——“我是她未来夫君，还望阴阳师分寸得宜，莫要越矩。”

神东迟强颜欢笑，是啊，她自降生那日起便已与他人有婚约在身，王上替缪岑元与然儿指婚之时，他就在跟前……

他终于懂得了师父所言，既已入阴阳道，便要舍凡尘俗爱。

05.

三日后，果然如太医所言，公主伤势痊愈。

仙岁然背倚着软枕，惬意地吃着内膳房所制的糕点，眼神直勾勾地盯着殿门处。

琉璃沏了一杯花果茶走近，顺着公主的目光瞧去，明知故问：“公主，您是在等谁啊？”

公主这望夫石都望了三天了，自受伤当日醒了，她便一直心挂不曾来关怀备至一番的某人。

被琉璃看穿心思的仙岁然吃糕点吃噎了，倏地端过琉璃手中的花果茶欲一饮而尽却被烫麻了舌头。

仙岁然狼狈地以手为扇，扇着她可怜麻痹的舌头，委屈地瞪了一眼琉璃，都怪琉璃多嘴害得她一心虚就让自己遭了难。

琉璃小心翼翼地询问，生怕踩着公主的雷点：“公主，没事吧？”说着，手拿丝绢轻掸去仙岁然衣衫上的糕饼屑。

“你说呢？”仙岁然伸着舌头含混不清地说话，以至于琉璃听不真切。

琉璃一扬手，她想到了能治公主舌头与心病的药。

驸马爷不就是一眼就见效的良药吗？

琉璃自作聪明还扬扬得意：“公主，您等着，我这就给您去请驸马爷。”

什么？她现在这副样子怎么见他？

“等等！”仙岁然吼住了迈着小碎步的琉璃，招手示意她回来，“不许去。”

女为悦己者容，她怎么能以如此模样见他呢？那是万万不可的！

她以养伤为由卧床三日，殿门槛都被踏破了，且不说父上、母上与神东迟，就连父上的兄弟姐妹、母上的兄弟姐妹，还有许许多多她瞧着脸生唤不出称呼的亲戚都来看望她。

居于别殿的缪行尚碍于身份，但也托人送来了祝福之辞。

唯独一人从未来瞧过她——缪岑元。

仙岁然派人打探来消息，缪岑元这三日都未出过偏殿。

父上已撤了看守他的侍卫，并下令让他彻查行刺一事。

好吧，她就当缪岑元为她追查行刺之人不解衣带吧。

饶了他这一回。

一日不见如隔三秋，她都三日未见他了。

他不来，她也不去，看谁耗得过谁。

须臾，仙岁然正端坐在铜镜前，唤来琉璃替她梳妆：“去请缪岑元过来。”

瞄到琉璃那一脸预料之中的表情，仙岁然尬笑一声，正色道：“我只是觉得他理应来瞧一瞧他的救命恩人。”

琉璃扬眉抬眸，一副我都懂的欠揍神情，盯得仙岁然怪不好意思的。

仙岁然掩住绯红的面颊佯装咳嗽，她真的没有想见他的私心啦！真的！她发……不敢发誓……

等待琉璃去请缪岑元的时间里，仙岁然如坐针毡。

她时不时理一理襦裙衣衫前襟，时不时梳一梳未绾发的青丝，时不时瞧一瞧步摇与耳坠子是否戴得妥当。

一听殿门外有动静，仙岁然提裙利落地钻回床榻上，因动作过急，受过伤的左肩不小心磕到床柱上，疼得仙岁然龇牙咧嘴。

琉璃引缪岑元入殿，透过屏风瞄至床榻上那抹身影，别有深意地一笑："驸马爷，请您在此稍候，容我进去通禀一声。"

琉璃小碎步上前跪于仙岁然床榻前，小声道："公主，驸马爷来了。"

闻声，仙岁然微睁开一只眼，听到屏风外一阵走动声，心虚地紧闭着眼，双手紧掖着缎被。

仙岁然胳膊肘捣鼓着琉璃，示意她传唤缪岑元进来。

琉璃机灵秒懂，遂绕过屏风请缪岑元进来。

缪岑元敛回定在屏风上的目光："我和公主虽有婚约在身，但还未行成亲之礼，恐有不妥。"

假寐的仙岁然将他的话听得一清二楚，心急坐起身，俨然忘了她佯装伤势未愈一派柔弱的模样："缪岑元，你就是这么报答你的救命恩人吗？"

缪岑元抿唇不应。

这三日他将自己闭于偏殿，奉王上之令追查公主行刺之事不敢怠慢，他心中虽然知道是谁，也需证据，光凭心中所想与不足论罪的物证不予以拘令。

且此事与缪岑景脱不了干系，父亲年岁已大，若处理不妥，缪家家业恐一朝即散。

如若查不出蛛丝马迹，又无法向王上交代、替公主平一箭之冤。

仙岁然按捺住冲出屏风将正人君子做派的缪岑元拽进来的心，平素流连于云喜阁，此刻却和她说什么拘于礼数？她信了，才中了他的计呢。

仙岁然眼珠子一转悠，瞥了一眼他映于屏风上的身姿，顺势躺平身子，矫揉造作地“哎哟”了一声：“好疼啊！”

琉璃一听公主叫唤疼，六神无主地冲入内室，被公主一点拨，遂拔高了声调：“公主，公主，您没事吧！”生怕屏风外的驸马爷不心怜似的，哭腔乍响。

仙岁然与琉璃一唱一和地哭天喊地，让缪岑元心中一揪。

这三日他虽从未瞧过她，可她每日所服下的药都是他亲手所熬，从太医那儿取来药方，药材抓取、称量、入罐、火候与收汁都是他亲力亲为，从未经他人之手。

她每日伤势如何，他都三问太医。

按理说，她的伤势已愈。

一听她嘶声喊痛，缪岑元无暇细想，理智冷静早已被抛诸脑后。

缪岑元推开屏风，像道疾风冲至床榻前，眸里满是担忧，目光紧盯着她的左肩，箭狠狠刺入她左肩、鲜血淋漓的画面恍如发生在昨日。

若不是因为他，她根本不会受伤。

仙岁然盯着他担忧的神色，心里顿时有些过意不去：“其实，也不那么疼了。”

琉璃见状，识趣地离开，将这缱绻时光留给他们。

生怕他不信，仙岁然挺直脊背，一副视死如归的紧张样：“不信你可以亲自看看。”

她长这么大，从未对男子说过如此害羞的话。可他不是旁人，他是她的未来夫君。

“缪岑元，不信你瞧。”

缪岑元掌心蓦地覆住她想要去扯衣襟的手，仙岁然身子一滞，觉得脸腾地如火烧般。

甚觉不妥，缪岑元倏地松手：“事出紧急，望公主恕罪。”

为驱散这尴尬气氛，仙岁然不拘小节地轻拍了拍他的肩头：“无妨无妨。”

仙岁然尬笑两声，遂觉口干舌燥：“缪岑元，我想喝茶。”

“好，我让琉璃去沏。”

仿佛怕他借由头离开，仙岁然猛地生扑上前，利落地扯住他宽大的云袖：“你亲自喂我喝。”

“你我未行夫妻之礼，我停留太久逾矩不合。”

仙岁然眉开眼笑：“这么说，若不是未行夫妻之礼，你愿留下照顾我？”

“公……”他还未开口解释便被仙岁然打断。

“我知你心意了。”仙岁然双手环抱，如吃了粽子糖般甜蜜，“我要喝茶，你亲自喂我喝茶。”

见他没有拒绝，仙岁然得寸进尺：“最好是你亲手沏的。”一见他眸里闪现的婉拒之意，仙岁然故技重施，“哎哟。”

她一边偷瞄他的一举一动，一边抬手佯装揉左肩，试图提醒他别忘了她是他的救命恩人。

缪岑元对她的无理之求有求必应。

仙岁然赧然一笑，虽然她仗着为他受伤厚脸皮要求缪岑元体贴她，可他照顾细微让她不由得深陷，差点都要忘记她身边还有一个贴身侍女琉璃了。

为让驸马爷与公主独处，琉璃孤身守在殿外，紧盯着屋檐上缠绵悱恻的一对比翼鸟，心里委屈哀叹：公主，您真是见色忘琉璃呀！

第三章

◆

- 此生认定一人，唯你一人。

01.

晴空万里，马蹄踏踏。

汴京城中三两队马弁浩浩荡荡行进，刚入宫门，便闻仙岁然似拼尽气力吼的一嗓子。

闻声，马车绸帘被玉指挑起，眉眼间因披星戴月微显的疲倦依然掩不住那张一顾倾人城、再顾倾人国的脸。

两弯似蹙非蹙的柳叶眉下一双明眸微泛星光。

“妤婳姐姐！”仙岁然上前，小心翼翼地搀扶芮妤婳下马车。

她一得到妤婳姐姐入京的消息，便健步如飞赶至宫门前相迎。

一见仙岁然额角渗出汗珠，芮妤婳用手绢温柔为她轻拭。

芮妤婳回异国探亲不过一个月，仙岁然似又长开了些，现如今瞧着真有少女初长成的娉娉婷婷。

“伤好了吗？”她听闻仙岁然受伤，恨不能长出一双翅膀飞来瞧仙岁然。

仙岁然眯眼乐哉：“伤早好了。”

她轻牵住芮妤婳的手，她在书信里特意诉说了受伤一事，不过是想妤婳姐姐早回陈国，也省得妤婳姐姐独身一人在异国受至亲白眼。

反正妤婳姐姐的亲人也不喜欢她，自小他们便将妤婳姐姐主动送来陈国，打着增进两国情谊的旗号，实则是嫌弃她出生便被巫师预言身负不祥。

若不是异国世子大婚，为堵子民悠悠众口，彰显异国备重亲情，也断断不会请妤婳姐姐归国观亲大礼。

芮妤婳眉头缓缓舒展，将信将疑：“真的？”

仙岁然扬袖在她面前转了两圈，两腮红妆更添灵气：“然儿哪会骗你呀。”转念一想，解释她在书信提到的受伤一事，“受伤是真，但伤好也是真。”

“你可知我归来一路都在为你担心。”

仙岁然轻握住芮妤婳的纤纤玉手，面露腼腆：“其实，我有一个天大的好消息想当面告诉妤婳姐姐。”

仙岁然倾身附在芮妤婳耳畔耳语。

芮妤婳一听，笑入眉梢，看到然儿如此羞赧，忍不住打趣她："然儿当真是长大了，想当初还是一个因吃不到糖人而哭闹的小哭包呢。"

被翻以往旧事的仙岁然脸一红，撒娇道："妤婳姐姐。"

"好了，我不说便是。"

仙岁然抿唇一笑，迫不及待想带妤婳姐姐去瞧一瞧她认定的夫君。

偏巧，缪岑元因公事不在偏殿。

芮妤婳将仙岁然失望的神情收入眼底，柔声安慰："男子志存四方，忙于事务是好事。"

仙岁然长叹一口气，背倚着镂空木门，气鼓鼓地鼓着腮帮子："妤婳姐姐，你真的这么想吗？王叔常年征战在外、平定四方、杳无音信，虽美誉遍洒天下，可你也与他难见一面。"

如此一说，仙岁然赫然想起她与她那差了不过六岁的王叔仙枝翟许久未见了，上回他们见面还是前年妤婳姐姐生辰之日。

他打胜仗归来，来不及褪下一身盔甲，便从漫天绽放的烟花里披雪而来。

只是，他只待了不过两日便匆匆离城。

虽遥遥相隔，思念却与日俱增，只待再见，诉衷思念与情。

一想起仙枝翟，芮妤婳便觉得如沐春风。

自十年前惊鸿一瞥，她此生便认定他一人，生死不弃。

她此番回异国，一是应亲人之请前去观世子大婚，二是请奏她与仙枝翟的婚事。

陈国大国风范，异国对她与仙枝翟的婚事自是无异议。

只待仙枝翟平安归来求亲，她便嫁于他为妻。

02.

黑更半夜，缪岑元回殿点灯。

今日，他派去的查行刺之人回禀，不料竟牵出缪岑景与其母申冼眉的娘家暗中勾结，由缪岑景打理的临址城生意有好几单被申家截断。

若说申冼眉不知，如此撇清便是此地无银三百两。

缪家家大业大，宅内明争暗斗，无非为了谁能继承富可敌国的家业。

嫡子与长子，难分伯仲。

想要置他于死地的人究竟是缪岑景一人所为，还是申冼眉与整个申家在背后推波助澜？

无论是谁，他这个缪家嫡子一死，能承袭缪家家业之人唯有缪岑景，缪岑景都会是得益最大之人。

缪岑元拧眉，一怒之下猛拍了一掌桌案，惊得躲在缪岑元绸被里的仙岁然身躯一震，差一点惊呼出声。

她本想吓他一个满怀，以解心中闷气，却不料躲在被窝不留神睡着了。

仙岁然偷掀被角，盯着身姿挺拔的缪岑元出神，他青丝如绸缎披散身后，一个背影都如此让人挠心挠肺了，当真是让她色心大起啊。

她不能惊动他，待他准备就寝之时，她来个突袭，让他防不胜防。

月黑风高夜，她倒要看看他还如何坐怀不乱。

躲在被子里的仙岁然正想到第三种吓他的法子，便听殿门“吱呀”合上，按捺不住心中疑惑的仙岁然偷掀被角，只见烛火被熄，眼前一片漆黑。

若不是一丝月光入殿，她怕是要磕碰得体无完肤。

莫非他要趁夜黑再逃婚？事不过三哪！

缪岑元，你这个负心汉！

仙岁然尾随缪岑元一路穿过荒废的内廷花园，上回从围墙旧门逃至城门外，父上明明下令修缮此处严防把守，怎么这时倒一个人都没有?

一个身姿矫健之人从暗处蹿出，两人交头接耳似密谋秘事。

仙岁然窝于杂草中，脑袋往前凑，努力听清他们所言，也只辨得马车？远游?

他打算弃她抗婚云游?

缪岑元，你甩不开我的！仙岁然愤愤攥拳。

缪岑元一手扼缰绳，一手抚马背鬃毛，闻背后风吹草动却不打草惊蛇。

仙岁然双手还未掐上他的腰肢，便被缪岑元识破灵活闪避。

见扑了个空，仙岁然懊恼低呼。

缪岑元唇畔一扬，步步逼近仙岁然：“不知公主一路相随所为何事？”

仙岁然吞吞吐吐说不出个所以然，听见他浅笑，她才恍然大悟道：“噢，缪岑元，你早知我尾随你？”

亏她还那么努力隐藏，裙摆都被枯枝勾破了，她的一举一动竟然全在他的掌握之中。

缪岑元，你这个黑心肠！

“是啊，我是正大光明地跟着你！”破罐子破摔了，仙岁然心想，可仍是忍不住为自己挣回面子，她堂堂公主，怎会鬼祟尾随?

“噢？”缪岑元故意拖长了语调，眉尾一挑，抬头望着清冷月色，“如此月黑风高，公主是想与我在此私会？”

“有何不可？”仙岁然紧张地眨眼，借着月光，大胆地对上他的目光。

“当真？”缪岑元语调一沉，让仙岁然身子不由得抖了一抖，平时她调戏他不在话下，此刻怎如木头桩子似的?

缪岑元上前一步，两人距离拉得很近。

仙岁然屏息，脑袋微微后仰，手情不自禁地紧张揉捏着裙角。

“原来是个纸老虎。”

被他这番戏耍，仙岁然无还击之力，遂搬出父上之名：“若父上知道你欲逃婚，看你怎么交代。”

缪岑元拧眉又松开，从里衣内掏出一块宫牌，在仙岁然眼前一晃而过：“此行我便是奉王上之令去追查刺客一事。”

嗬！仙岁然气急，无法反驳，只得耍赖上马车欲与他同行，他不是办案吗？她就做监察案情之人。

仙岁然从马车里探出脑袋，催促道：“还不出发？”

缪岑元惊叹，公主果然不同凡响，以公主之名压他，瞬间成了他的上级。

“缪岑元，刺客一事都过去这么久了，你还没查出个眉目，你这效率着实低了点，”又补一句，“不过你无须担心，这次有我随行，你必定一蹴而就。”

“公主。”缪岑元仍不死心地想要再劝一句让她回宫。

他此番之行前方凶险未可知，他不能让她同他一起冒险。

“出发！”仙岁然坚定地打断他的话语，她的夫君休想甩下她！

天涯海角，她随他共去。

谁料，他竟重返云喜阁！

是她太温柔不足以震慑他，还是他觉得家花再馥郁都不如野花妩媚？

缪岑元！你给本公主等着！

03.

厢房内，缪岑元特摆酒席，吹弹歌舞，饮酒作诗。

自上回云喜阁一出闹剧，鸨母是万万不敢请堂堂驸马爷入云喜阁，可架不住缪岑元出手阔绰。

缪家富可敌国可真不是随口一说。

鸨母笑逐颜开地推开厢房门，特来知会缪岑元一声，他贴身侍童来找。

缪岑元端酒之手一顿，凝眸皱眉：侍童？

他心中预感不妙，酒樽重摔在桌，酒水溢出溅湿他的手背。

一名身材娇小玲珑，身穿素色矩领窄袖短衣、头束发巾，自称缪岑元侍童的人低头揖礼踱进厢房。

“抬起头来。”从仙岁然一入厢房，他便知是她。

他折返汴京城再入云喜阁，寻乐是假，护她才是真。

为了她的安危，他必须这么做。

若想彻底查清此事是缪岑景一人所为，还是整个申家在替缪岑景暗中铺路，他需以自己为诱饵让他们打消顾虑露出马脚，再一举擒下他们，自是不能带她同行。

仙岁然咳出粗嗓：“侍童小仙拜见公子。”

缪岑元陡然起身，绕过一众奏乐乐妓，立于墙柱的鸨母饶有兴味一副看好戏的姿态。

仙岁然不自觉吞了吞口水，生怕他当场拆穿她的身份，枉费她如此用心乔装打扮。

“小仙？”缪岑元轻念出她的名字，这么能折腾果真是她的性子。

她既然费尽心思也要留在他身边，他便随了她，他倒想看看她要在云喜阁闹几回幺蛾子才能死心回宫。

鸨母见仙岁然是缪岑元贴身侍童，便和颜悦色地摇扇一问：“小侍童入厢伊始便低着头，莫不是脸皮薄羞赧吧？”

一众乐妓因鸨母言语戏弄侍童，闻声均掩面轻笑。

仙岁然深呼吸一口气，抬头挺胸扫视厢房一圈，乐妓个个婀娜多姿，鸨母还真是安排用心啊。

明知缪岑元的身份，鸨母竟还敢如此，胆儿真是肥了啃！

为大局考虑，她……忍！

缪岑元拧着眉，无视耳边笑语喧哗，居高临下地瞧着她歪斜的发巾。

在鸨母她们的一片诧异中，他不自禁地为她整理发巾。

厢房内的众人因他的举动顿时陷入了一阵古怪的缄默中。

为她整理发巾的间隙，他垂眼偷瞄，她脸色蜡黄，如得了黄疸症似的。他不由得疑惑，大拇指指腹轻蹭过她的脸，蹭下一片黄色粉末。

仙岁然仰头冲他眯眼一笑，以口型解他心中疑惑：姜黄粉。

他自以为他丢下她躲在这云喜阁，她就没辙了吗？若不是怕闹得满城风雨，她早以公主身份闯云喜阁了，何苦为逃鸨母鹰眼扮成侍童，还给自己身上抹了一层姜黄粉？

放眼汴京城，随自己夫君同入云喜阁的夫人唯独她一人吧。

“自今日起，你就和我同住一间厢房。”缪岑元语出惊人，此言一出，不仅仙岁然瞠目结舌，在场的鸨母与乐妓也面面相觑，心中猜疑横生。

仙岁然回过神，一瞬忘了她此刻是侍童身份，蓦地踮脚欲双手环住他的脖子，亏得缪岑元看穿她的小心思，手指轻抵她的额头，隔开他们的距离，以免落人话柄。

她现在的身份是他的侍童，可不能逾矩了。

为免她们瞧出公主乔装扮成书童的端倪，特别是与她打过照面的鸨母发现，缪岑元扬袖命她们全部出去。

风姿绰约怀抱箜篌的乐妓一片眷眷之心，仙岁然小心眼地故意伸腿绊了她一脚，美人趔趄向前，箜篌双排弦头撞上门柱。

仙岁然利索缩回腿，佯装无辜。美人怒瞪她一眼，却有怒不敢言，谁让这个干瘪侍童是公主驸马爷缪岑元的人。

鸨母一脸心疼地抚上掷银两买下的箜篌，睥睨一眼偷笑的仙岁然，恨不能好好教训这个无礼倨傲的“臭小子”，可又不能不给驸马爷面子。

鸨母嘴角抽了抽，努力抑制喷涌而出的怒意：“驸马爷这小侍童五行火气真够旺啊。”

看来驸马爷平时没少娇惯他，不然怎生得如此脾性，下人都要翻身做主人了!

缪岑元双眼直勾勾地盯着胡来的仙岁然，冷着语调：“我要和我的侍童单独聊一聊。”

鸨母心中了然地挥扇催促着一众美娘子离开，脸上堆挤着谄媚的笑替他们关上门。

随着众人如云散，厢房一瞬宽敞至极。

仙岁然吐了口气，脚步轻盈一跃入软垫，手捏一颗晶莹剔透的葡萄丢入嘴里，环顾峻宇雕墙的厢房暗叹。

上回来不及细瞧厢房构造，如今一瞧，真是奢靡呀。

“缪岑元，快过来！”仙岁然手轻拍着她身旁的位子，“这儿的葡萄也极为甘甜诱人。”

缪岑元无奈地甩着云袖，怕隔墙有耳压低声音道：“把脸洗了。”

仙岁然摇头婉拒：“我若不以此貌示人，那鸨母定知晓我的身份。”仙岁然麻利起身，踱到他面前，为他思虑周全，说得头头是道，“我这都是为了你啊，你若想继续蛰伏云喜阁，我定不能露面呀。”

仙岁然眨巴着眼：“还是你内心期待着我再闹云喜阁，将你稳稳拿下？”

“你脑子整日在想些什么？”

“什么都不想，”仙岁然顿了顿，“除了想你。”

突如其来的告白让缪岑元身子轻颤，她总有法子令他无措。

她知不知道……他佯装无动于衷有多痛苦？

仙岁然蹦跳窝回软垫，指尖刚触上光滑的葡萄，忽而想起一件了不得的大事：“缪岑元。”

见她神情严肃，他不由得静等她下文，哪知她突然冒出一句话让他噎得面红耳赤：“你方才让我与你共用一间厢房，是要我与你同枕而眠吗？”

缪岑元顺着她的目光落在厢房内唯一一张床榻上，一本正经地解释，声音却不由得微颤：“共用一间厢房不代表同床共枕。”

“噢。”仙岁然脸上的失望一闪而过，她还以为他终于摈弃正人君子做派对她这个仙姿佚貌的佳人下手了呢，结果是空欢喜一场。

04.

同住一间厢房三日，他从未有逾矩之举。

她卧于床榻，他就地铺而眠。

他以君子之礼相待，她倒想入非非，每当夜深寐于床榻，她总想着将生米煮成熟饭，可奈何他睡得比她迟。当她想起这么一档子事时，天色大亮，早已错过春宵千金！她恼！她气得牙痒痒只能咬绸被。

仙岁然穿着一身侍童衣衫在云喜阁招摇而过，兜里揣着银子欲观皮影戏去，回来时顺道买一只汴京第一楼的一绝烤鸭来与缪岑元把酒品鸭！

仙岁然转过楼梯弯子，便觉浑身不自在，自打她出了厢房，齐刷刷的目光都朝她飞来。

难道是她今日忘抹姜黄粉了？仙岁然紧张地抬手在脸上一抹，姜黄粉涂得贼均匀！

她上下打量自己的着装，没有不妥啊。

啊！仙岁然倏地想起，今早梳洗她见缪岑元未束发带，便将他的发带借来一用。她可得谨记她现下侍童的身份，万不可逾矩，让他人瞧出些端倪。

仙岁然不自然地摆弄着发带，逢人便解释："这发带是我家公子心善赏我的。"

随后以粗犷大笑以化尴尬，可他们仍直勾勾地盯着她瞧，瞧得她心虚冒冷汗。

正当她郁闷不得解时，还是云喜阁一好心肠的小厨娘替她解了惑。

京中传公主驸马爷重返云喜阁寻欢作乐，却洁身自好，未见他与任何女眷有过分亲密之举，倒是和他那娇小干瘦的小侍童形影不离，共用一间厢房，着实引人遐想。

仙岁然将她所知之事悉数告知缪岑元，只见他眉染愁容，颊飞绯红，引得仙岁然忍不住逗弄他，在他眼前挥着窄袖："我这衣袖过长不合身，还请公子替我断了衣袖。"

她这暗喻断袖之意，让缪岑元面露尴尬。

"仙岁然。"她如此疯玩，他若不一语先发制人，她怕是不知天高地厚了。

仙岁然一瞬噤声，倾身靠近，盯着他好看的眉眼细瞧："公主名讳你竟直呼？"她佯装板着脸，"念你为公主夫君，便不与你计较。"

"歇息吧。"缪岑元转过身，云袖却被仙岁然扯住，他对她终是无可奈何，"别闹。"

仙岁然得寸进尺地从身后环着他的腰，轻嗅着他身上属于他的味道，烛火轻曳似怦怦心跳。

“我想给你生个小娃娃。”仙岁然说得脸不红心不跳，听的人却面红耳赤、口干舌燥。

“生个像你的小娃娃，”仙岁然一脸纯真，“这样，我就可以瞧一瞧你儿时的模样。”

她还真是能折腾他，考验他的自制力，她可知她在说什么？

“父上说，当年为你我赐婚后，你曾轻握着我的小指头唤我娘子呢。”

缪岑元不自然地轻咳，儿时之事，他如何记得？他只模糊记得父亲因救驾有功带他一同入宫，王上半开玩笑半认真地赐他“童养夫”之名。

“莫胡思乱想了。”缪岑元掰开她的手，“早些歇息吧。”

“不。”仙岁然偏不松手，借力将他扑倒在地，伏于他胸膛之上，轻声道，“你当真对我没有半分真心？”

她眼神真挚纯真，让他差一点失了防守，他对她从未只有半分真心，有的只有一整颗炙心——

她立于桃花树下一手提着灯笼，一手接桃花瓣雨粲然一笑，他亦对她一见倾心，若不是大哥缪岑景有意摹来公主画像让他识得公主模样，又费心思引他去驱鬼拜神的面具庙会，他怎会与她相遇?

缪岑景如此费心让他对公主动心，无非是想让公主成为他的软肋再找时机一举毁了他的软肋，让他生不如死。

缪岑景下的这盘初见亦赌心动的棋赢了，缪岑元对她爱慕已久，他不容别人因他而算计伤她。

那支箭刺伤了她的左肩，也刺中了他的心脏，他虽佯装冷静自持，可早已因她血染肩头而心神不宁……

05.

这一夜漫长又无眠。

仙岁然与缪岑元各怀心事。

辗转反侧，仙岁然手掖着绸被，手指轻敲着绸被软面，脑海中回想着缪岑元说的一句话，可这话模棱两可，她辨不出其中深意。

从未，只有半分真心……

从未只有半分真心……

她心里困惑不已啊！心里像是被千万蚂蚁啃噬！

仙岁然偷偷摸摸爬下床榻，做贼似的踞坐于他地铺旁，借着微弱月光瞧着他的青丝垂于高枕之下，宽厚肩膀随呼吸微微起伏。

仙岁然轻伸出小指轻点了点他的肩膀，压低嗓音轻唤他的名:

“缪岑元。”

可他无丝毫反应，他让她无法酣然入梦乡，他倒睡得香甜。

屋外一抹黑影闪过，缪岑元敏捷地将仙岁然拉至他的怀里，手捂住她的嘴巴，呼吸轻扑洒在她的耳畔，挠得她耳尖发烫。

“嘘，别说话。”

仙岁然被他猝不及防的举止惊吓，蓦地反应过来他刚才一直在装睡？

嗬！好你个缪岑元！

仙岁然虽然不出声，但不代表她不忍心对他拳打脚踢。

直至屋外黑影消失，缪岑元才松下心，看来不是刺客。

她的拳打脚踢落在他身上不过是绵绵细雨，他松手，意识到他们的姿势过于亲密。

四下阒然，只剩彼此的呼吸声幽绕耳畔。

他的怀抱让她忽觉逼仄，仙岁然松开拳头，慌乱从他怀里挣脱坐起身。

若不是烛火已熄，她发烫犹如要滴出血红的耳尖便藏不住了。

为缓解静谧尴尬的气氛，仙岁然抛出话头：“是不是刺客又来了？”

缪岑元不语，看样子不是刺客，若是刺客怎可放过一丝能暗杀的机会?

夜深人静，正是下手的最好时机。

缪岑元瞧着她那怵惕的模样，缓缓坐起身，嘴角轻扬，打消她的担忧：“不是。”

“那就好。”仙岁然松了一大口气，双手猛然抓住他的手，“缪岑元，你说，那些刺客是不是看不惯我们郎才女貌、天作之合呀？”

缪岑元被她这单纯脑回路逗笑，一时竟将规矩礼教抛诸脑后，任她紧牵着他的手陷入沉思。

厢房外一闪而过的黑影踮脚轻踱到后院，在原地等待的好奇的众人一脸八卦。

原是一好事的小厮与众友人打赌输了，只得硬着头皮去听墙脚。

缪岑元与他贴身侍童的事尽人皆知，京中早有传言缪岑元为掩人耳目而将他的男宠带在身边以侍童为名。

他不愿与公主完婚怕也是因自身之疾喜男色。

一众男子八卦时都流露出对公主仙岁然的同情之意，未来夫君竟是断袖！公主着实可怜！

经由昨夜那小厮添油加醋，一传十十传百，几乎坐实了仙岁然是缪岑元男宠之事。

翌日，仙岁然用过午膳仍觉得不饱腹，途经厅阁欲入后厨，一路她都深觉众人眼里夹杂着意味不明的笑容。

仙岁然背脊微凉，心想云喜阁也不是久留之地啊。

她正欲上楼找缪岑元商量离开云喜阁再寻一处落脚地，身后便响起一道声音。

“然儿。”

众人循声望去，一袭白色狩衣、头戴立乌帽子、蝙蝠扇别在狩衣腰间当带中，身姿挺拔，气场强大到众人自发让出一条路。

他的一双桃花眼定定地落在站在木阶梯上的仙岁然身上，哪怕人山人海，他也能一眼就寻到她的身影；哪怕她伪装如神，他也会瞧出破绽，将她印在心上。

几日未见，神东迟甚是念她。

他为预料朝廷行事的吉凶闭关于阴阳寮几日，若不是新派的守辰丁误了打更报时，他也不会现在才赶来。

王上与王后比翼连枝，王后出宫入寺祈福，王上便陪着。

不然公主离宫几日，怎能瞒天过海?

做戏做足，琉璃留宫以掩公主离宫消息。若不是公主与琉璃每日书信，他又何以伺机赶在琉璃之前拦下书信，得知公主藏于云喜阁。

这等污浊瘴气之地，她堂堂陈国公主怎能留于此地？缪岑元真是胡来。

为免兴师动众，暴露然儿行踪让有心之人有可乘之机，他单枪匹马来云喜阁接她回宫。

一见神东迟，仙岁然心虚地转身逃跑，推搡拥挤众人寻得一丝敞路。

盯着她乱窜而躲的背影，神东迟拧眉迈步，可刚走几步，便有人扯住他的狩衣衣袖，似故意拖延。

鸨母手握绸扇，谄笑着打量眼前俊美却难掩一身男子气概的神东迟：“这位道人眼生得很哪，放心，我定让你不虚云喜阁此行。”

神东迟不愿和她多做纠缠，余光瞥至消失于厢房拐角的那抹身影，猛地甩开热情却毫无眼力见儿的鸨母，去追仙岁然。

鸨母被突如其来一推，毫无招架之力，愤然扔扇。皮囊生得极好，这脾气倒大得很！

既屈尊来云喜阁，不就是为了寻场乐子，有何可横的！

神东迟疾步上楼，厢房拐角是长长的廊头，相邻的五间厢房全部闭门。

逃窜无路的仙岁然随意进了一间厢房，蜷着身子躲在门柱前，屏息聆听厢房外的动静。

肩头忽而被人一握，惊得仙岁然大喊，猛然挣开令人不快的怀抱，她一转身，醉醺醺的肥头大耳之人底盘不稳，一个趔趄往后栽倒，面染红晕，嘴里仍唤着一小倌小名。

仙岁然不自在地抖了抖肩，此地不可多待，就算被神东迟逮住也好过与油腻醉酒之人纠缠。

对方却耍赖缠上了她，闭着眼准确擒住她的脚脖子，任由她使力挣脱，他都不松手。

仙岁然气得就差给他补上一脚。

厢房门被大力踹开，仙岁然余光瞥见一抹白色身影猛然疾步上前，结结实实地给了躺在地上的人一脚。

先前捉着她脚脖子不松手的人敛住傻笑晕死了过去。

仙岁然蓦地缩回脚，转身欲逃，却被眼疾手快的神东迟揪住后衣襟。

眼见逃不了，仙岁然只得扮可怜意图让他心软，儿时只要她一扮可怜，他便心软都依她。

这次，法子失灵了。

神东迟神情严肃，周遭气氛骤冷：“然儿，你擅自离宫，若涉险又如何？”

仙岁然脱口而出：“不怕，缪岑元会护我的！”一说到缪岑元，她的眼睛里如缀满了星星。

揪着她衣襟的手一松，他眸色都黯淡了几分：“然儿，你知不知道我很担心你？”

不止缪岑元会护她，为了她，他哪怕豁出命也在所不惜。

神东迟顿觉逾矩，紧咬牙关：“王上与王后若得知你擅自离宫，担心之余会放过缪岑元吗？他身为驸马却没有尽规劝之责，与你一同胡闹居于这烟花之地。”

“他，他来此是因案在身。”

“王上会信吗？浑水查案实则流连烟花之地，王上会将你嫁于他吗？”神东迟眸色收紧。

仙岁然被他盯得心里发毛，她从未见过他如此，在她心里，他一直温文儒雅，遇事冷静自持，可今日的他却让她觉得陌生。

“跟我回宫。”神东迟握住她的手腕踏门而出，仙岁然皱眉挣扎：“神仙，我不回去。”

“神仙，神……”仙岁然费力央求，忽觉肩头被人陡然一揽，随后被扯入一个怀抱里。

神东迟反应迅速，扭身伸手去抓仙岁然，却仍是慢了一步。

缪岑元玄纹云袖一扬，仙岁然侧头望着他，惊喜出声：“缪岑元。”

若不是他听见厅阁动静，出厢房又听见琐碎言语，也不知神东迟竟独自来寻她。

神东迟从当带抽出蝙蝠扇，蝙蝠扇头直冲缪岑元的双眸而来，力道之大轻扬起缪岑元耳畔青丝。

缪岑元利落偏头，躲过神东迟出手，扬手推挡开他执蝙蝠扇的手，借力一掌推开他。

云喜阁人多口杂，缪岑元并不想在此与他动手。

鹬蚌相争，渔翁得利。暗处的敌人也许此刻就盯着他们。

神东迟站定身子，冷冷地盯着缪岑元：“我要带她回宫。”

“我不回去。”仙岁然干脆拒绝，她要留下来看着缪岑元，云喜阁的姑娘虽比不上她沉鱼落雁，但也是有几分姿色的。

“芮妤婳翁主近日身子不适。”神东迟神色闪避。

为了诱哄她回去，他只能编造了芮妤婳身子不适的谎言。

一听妤婳姐姐身子不适，仙岁然急了，面露担忧，追问：“妤婳姐姐怎么了？”她出宫前妤婳姐姐不还好好的嘛，琉璃书信中也未提起只言片语。

“回宫你亲自去问她。”

仙岁然陷入两难，妤婳姐姐待她如亲妹妹般，她不能因情爱而忘了与妤婳姐姐的情谊。

见她眉心松动，神东迟乘胜追击：“你与她最为交好。”

神东迟刚上前一步，便被缪岑元以身阻隔将仙岁然挡得严严实实。

神东迟虽攻阴阳道与天文道，算得上半个道士，可他对她无微不至，望着她的那双眼睛似能滴出蜜来，为道不尊。

缪岑元承认，他心生醋意。

虽说神东迟说谎骗她回宫的手段不高明，可回宫是目前最好的选择。

缪岑景要对付的人是他，他不能让她陷入危险。

“回去吧。”

因缪岑元这一句，仙岁然心里备感失落，他就这么想赶她离开，好一人在云喜阁享齐人之福?

“我等你。”仙岁然因他这大喘气差点被自己的口水噎死。

“真的？”仙岁然生怕这是一场梦。

缪岑元抬手揉捏着她的脸颊，仙岁然惊呼疼！

不是做梦！

她这是守得云开见月明了？

被晾一旁的神东迟脸色阴沉难看，极力掩藏怫然作色，长臂绕过缪岑元拉过眼中只有缪岑元的仙岁然："然儿，回宫。"

仙岁然如打了鸡血，笑逐颜开："夫君，你等我回来接你啊！"

仙岁然倒着走，以至于下台阶都没回过神，一个踉跄，将缪岑元吓出一身冷汗。

幸而得神东迟护着，她才不至于摔下去。

缪岑元轻呼一口气，在神东迟面前宣誓主权，以免他再动不该有的心思，可看着神东迟护着她的手，他内心极度不适……

出了云喜阁，仙岁然随神东迟上了马车。

仙岁然掀起绸帘，脑袋刚探出去，便被神东迟揪了回来。

"坐好。"神东迟突然对她一板一眼，让仙岁然很是别扭。

仙岁然谄笑讨好道："神仙，我就再看一眼，就一眼。"

"然儿。"

虽说他素日待她温柔至极，可他一冷脸，她便觉得寒气逼人，令人浑身一颤。

仙岁然乖巧坐好，偷瞄他一眼。

他今日这是怎么了？莫非是神仙的师父在书信中对他又是一番严厉教诲？

安令奇明那老倔头自小便对他管教严厉，如今隔了远洋仍要事事都管。

马车行进，轿帘外是各色叫卖声，更显轿内静谧异常。

“神仙，”仙岁然主动打破安静氛围，思忖半晌开口，“那佛木符……”

一听佛木符，神东迟蓦然回神：“丢了？”

“不不不。”仙岁然摆手，对她如此重要的物什她怎敢再遗失？

“我只是想说，佛木符我一直好好带在身上。”

神东迟面色终有缓和：“嗯。”

神东迟扬起衣袖，轻蹭过她脸上涂抹的姜黄粉，姜黄粉末霎时染脏了他的白色狩衣衣袖，可他全然不在乎。

他只在乎一个人，那便是她。

如今，她体内有缪岑元鲜血为护，就算没有佛木符，平日里低级邪祟也不敢轻易靠近。

第四章

◆

- 两情若是久长时，又岂在朝朝暮暮。

01.

陈国与荆国交战数月，前线传来捷报，陈国大胜，两日后凯旋归京。

鼓声震响，号角奏起，陈国子民为之振奋，王上大喜，君赦天下、大摆宴席以慰浴血战场的将士。

被困于殿中的仙岁然闻此消息，想前去与妤婳姐姐分享这份喜悦，却被看守她的侍卫拦下。

仙岁然郁结，愤愤甩着披帛。

如今她被困于宫中出不去，缪岑元被挡在宫外进不来，这是明目张胆地棒打鸳鸯啊！

她被骗回来以她水逆有凶猛之险为由将她关在殿内，她没料到她那么信任的神仙竟然会假借妤婳姐姐身子不适来骗她。

一关便是半个月，连她往日偷溜出宫的窗棂都封了，她连他的消息都没有，她也让琉璃暗中去打探，可消息却被人有意截断。

她真不明白神仙葫芦里卖的什么药？连父上也糊涂地任由他胡来囚着她。

“公主。”琉璃疾步入殿，脸上洋溢着笑容，可仙岁然却心情低沉地卧榻把玩着披帛。

“公主，您听到了吗？这外面都是为王爷胜仗而响的鼓声呢。”

仙岁然意兴阑珊：“我听到了，可我如今都出不了殿，又如何向妤婳姐姐报喜呢？”

琉璃抿唇一扬，向仙岁然通报：“殿外闻鼓庆胜，妤婳翁主特来共喜同乐。”

芮妤婳优雅入殿，水蓝对襟裙衫拖地，声音温柔似水：“然儿。”

一听妤婳姐姐来了，仙岁然一扫脸上阴霾，踩着软缎绣珠鞋踏踏赶来，像只轻巧燕雀扑入芮妤婳怀里。

芮妤婳步子轻稳，哪经得住仙岁然这猛然一扑？

若不是芮妤婳身旁婢女澜翠眼疾手快地托了芮妤婳腰一把，芮妤婳与仙岁然怕是要双双摔倒在地了。

“妤婳姐姐，你可算来瞧我了。”

芮妤婳一脸宠溺地伸手轻敲了敲她的额角：“王上一准许我来瞧你，我便马不停蹄地来了。”

“父上是看在我那威名远扬的十二王叔大获全胜才大喜，准许你来一瞧我。”仙岁然心里颇有怨气。

芮妤婳知道她心里的气，玉指轻拍着她的肩：“王上也是担心你，你自小便易招惹鬼神圣灵，邪祟之物凶残得很，你要体谅你父上的心啊。”

仙岁然哀叹口气：“可我无碍啊！”她苦恼地原地转圈，“明眼人都瞧得出来，此举是为棒打我与缪岑元这对鸳鸯。”

“云喜阁是何地啊？那是夜夜笙歌醉人的温柔乡，如今我被关在殿内，还不知缪岑元是否定得住心神。”

芮妤婳轻笑一声，晃眼间，然儿真长成了大姑娘，也为男女之事烦忧了。

“若是你们二人心意相通，心里唯有彼此，哪怕遥遥相隔，也无须担忧。”

仙岁然似懂非懂，轻拉住芮妤婳的手：“妤婳姐姐，你与我那王叔也是如此吗？”

一想起仙枝翟，芮妤婳的眉眼温柔得不像话，他与她，常年相隔两地，虽然他陪着她的时间很短，可只要她一皱眉头、一弯嘴角，他便能洞察她的心思。

好似她肚里的蛔虫。

仙岁然歪着脑袋，拿妤婳姐姐打趣：“妤婳姐姐，满面春风，定是想着我那王叔吧？”她一耸肩头，“我王叔真是好福气，也不知他何德何能竟能得妤婳姐姐这般温柔可人的倾慕。”

“你背后如此贬低他，小心他回来，我告诉他。”

仙岁然立刻讨好似的圈抱着芮妤婳的胳膊：“妤婳姐姐，你舍得吗？我那王叔征战沙场，不懂怜香惜玉，若是他下手没个轻重，那然儿这辈子便算是毁了。”

“你的夫君会坐视不理吗？”

“他……当然不会坐视不理了，”仙岁然来了劲，“我可是他娘子，他怎会让我受此苦？”

“那然儿还怕什么？”

仙岁然沉下脸：“他兴许都不知我被软禁在自己殿中吧？”

“那可未必。”

芮妤婳眼神示意澜翠，澜翠得令揖礼退下。

02.

仙岁然正不明所以，便见澜翠又折回，身后还跟着一名婢女。

那婢女低着头，瞧不见她的容貌，倒是她的身材魁岸一点都不似女孩的纤纤身姿。

仙岁然心存怀疑，步步靠近。

见状，芮妤婳领着澜翠与琉璃离开。

偌大殿中，仙岁然只闻自己怦怦心跳的声音。

此婢女的身姿莫名……熟悉。

仙岁然很快推翻自己心中猜测，怎么可能？可她仍抱着一丝期待，开口证实猜测的声音微颤：“你……抬起头。”

“抬头，你才识得我？”缪岑元一开口熟悉的声音便萦绕在她的耳畔。

仙岁然愣怔了半晌，欣喜若狂地冲上去，双手用力圈着他的脖子，似要将他勒得窒息才罢休。

许久未见，她才顾不上得不得体呢，反正抱的是未来夫君，也不伤大雅，无妨无妨！

缪岑元任由她下手不知轻重地勒着他的脖子，将就着她的身长低头佝背：“若是被人瞧见公主与一婢女相拥，怕是又要传出不堪入耳的流言蜚语。”

仙岁然不以为意：“那便让人传去好了，谣言止于智者。”

云喜阁中她扮侍童，宫中他扮婢女。

他们，果真是天生一对呀！

仙岁然扯着他衣袖转圈细瞧，目光落在他清俊眉目上：“缪岑元，你脸上脂粉没抹匀。”

缪岑元心中疑惑，手蠢蠢欲动，忽而听到她一阵大笑，才回神他是被她戏耍了。

“不过，这身婢服你穿着倒很合衬，”仙岁然倏然上前，“不如你以后便以这身伴我身侧吧。”

他这般是为掩人耳目，若不是因为心中担忧她的安危入宫，他堂堂一介男儿怎会男扮女装自毁形象。

“看来公主对与我成亲颇有不满。”缪岑元佯装生闷气。

“没有的事！”仙岁然心急开口，她恨不得今日便是成亲之日！她的真心，天地可鉴！

“那你方才还想让我以如此模样伴你身侧？”

“是我千虑一失了。”仙岁然懊恼，她怎能被眼前的风花雪月所迷惑而不思虑长远的琴瑟和鸣呢？

“缪岑元，”仙岁然双手圈住他的臂弯，“刺客一事尽快查个水落石出，我父上一喜，说不定将你我婚期提前。”

缪岑元不语，凝眸盯着她的青丝，他……会尽快将刺客绳之以法。

无人看守的殿外，神东迟一袭狩衣立于青石板上，紧捏蝙蝠扇的手青筋凸起。

殿内的谈笑风生像武士刀剜他的心，干脆利落。

论情分，他与然儿情分更久……

神东迟咬牙切齿，缪岑元！

03.

神东迟半倚旧墙，风吹草动致使他假寐不成。

疯长的杂草处身影一闪，他便知他等的人来了。

神东迟一敛蝙蝠扇，凝眸皱眉。

似有冥冥注定，然儿降生那日，神东迟便与缪岑元打过照面，神东迟一见他，便不喜他。

未料，他却成了然儿的未来夫君。

缪岑元早已换下掩人耳目的婢女服，望着神东迟的眸里闪着惑疑。

看架势，他已在此迎候多时了。

“看来阴阳寮之位着实清闲。”

神东迟一记嗤笑：“那也不比缪家嫡少爷往返烟花之地与公主殿清闲。”

神东迟轻踩浅踏，眸中暗露杀意，开门见山：“你奉王上之令出宫彻查刺客一事，可为何迟迟没有动静？”

“王上既将此事交予我，我定不负圣恩严格查办此事。”

“严格查办此事？”神东迟似是听见了天大笑话一般，“然儿一人的性命自是比不上缪家百余条性命。”

缪岑元闻此脸色骤变，神东迟见他色厉内荏的模样，心中大快。

“若王上知晓此事……”

“你暗中查探行刺之事？”缪岑元冷着脸打断他的话语。

“若是我不查，”神东迟倾身冷傲道，“我怎知公主亦是无辜被牵扯进你们缪家内斗之争中，还因你受了伤。”

“神东迟！”缪岑元猛然揪紧他狩衣立领的固定纽扣蜻蛉。

见他怒目横眉之态，神东迟不以为意地抬手扯甩开他的手，单手理了理蜻蛉：“然儿还在满心期许与你成亲，殊不知她遭这一箭竟是准夫家所为，而她全心信任的准夫君意图为缪家欺瞒王上！”

缪岑元抿唇愤愤，他从未要将缪家置之事外，欺瞒王上，他只是……需要时间。此事牵扯甚广，如若处理不慎，缪家必遭灭族之灾，若为包庇一人而毁缪家，他自是以大局为重。

缪岑景背后若是申冼眉及申家做后盾，不究缘由连根拔起，必定挑起缪、申两家祸端，让觊觎缪家之人有机可乘。

“然儿在你心里究竟是什么地位？”神东迟冷冷开口，“她若是因你受到伤害，我一定会杀了你。”

“你若将此事告诉她，我也不会放过你。”缪岑元压低嗓音，颇有震慑气势。

此事因他而起，她已为他受了一次伤，他不希望再有第二次。

“若我说了呢？”神东迟话音刚落，便闻风似利刃袭来，他眼眸半眯，灵活闪身一避，才躲开了缪岑元的一击。

缪岑元扑了个空，不留他一丝喘气的机会转瞬倾身出掌。神东迟防御严密，丝毫不给缪岑元打压他的机会，剑拔弩张相制衡，互不相让。

上回然儿被箭所伤，伤口不大却极深，血红浸染却能逼退一众鬼魂邪灵、平安无恙。

想来定和缪岑元脱不了干系。

缪岑元出招极快准狠，倘若他一失神便会落后缪岑元一招，他有一事尚需确认。

招式有意落后他一步，给他乘胜追击，神东迟却在他出招将赢之际，眼神忽而犀利，手腕灵活一转，掉转蝙蝠扇朝向他……

脑海中竟一闪师父所说过的话：缪岑元是仙岁然五行不可或缺之人……

若不是听闻动静巡逻而来的侍卫，他们仍僵持不下。

为免风声传入王上的耳朵里，神东迟率先停了手，眼色冷冷：“此时不退，还等王上治你一个查案不力之罪将你收押吗？”

缪岑元敛回衣袖，权衡利弊，正色道：“今日之事，你知我知，若被第三人知道，便不是空手出招切磋。”

回音一落，缪岑元倏忽不见，独留神东迟垂眸盯着手中紧握的蝙蝠扇。

过招之时，神东迟没忍住以蝙蝠扇手柄上秘藏的银针一刺缪岑元的手而取得他的一滴血……

04.

两日后，仙枝翟率众将士得胜回朝。

京中百姓欢欣鼓舞，自发迎在入京关口，只为迎接战无不胜的铁骑将军仙枝翟。

宫中，王上早已率众臣在朝天殿等候他的十二弟。

芮妤婳一早听闻仙枝翟入关的消息，便精心梳洗打扮候在城门只为迎她的少年郎。

虽说神东迟早已算出此次陈、荆两国之战乃是捷报，可她心中的石头仍落不下。

芮妤婳双手紧握成拳，指甲都陷入肉里，身旁的澜翠见城门外大队人马缓缓行进难掩激动大喊：“翁主，翁主！您瞧，来了！”

闻声，芮妤婳觉得心都跳到了嗓子眼，她侧头凝望，那黑马之上的少年郎正是她心心念念盼平安而归的人。

一袭盔甲勃然英姿，双目炯炯与她目光交汇。

仙枝翟一勒缰绳，利落翻身下马，战靴重重落地才让芮妤婳深觉这不是一场梦。

仙枝翟抑制不住跑出眼睛的思念之情，眼中只有他此生挚爱，哪里还管得了这里是入宫城门，千万将士待命，王兄摆宴迎候。

她消瘦了。未见她时驰念越靠近，更抑不了心中所念。

仙枝翟摘下头盔，气宇轩昂，肤色在边塞晒得黝黑，鬓发稍显凌乱，面露疲倦，可眼中盛满的光亮一如她初见他时的那般。

相见两无言，此时无声胜有声。

芮妤婳抽抽噎噎，明眸泛泪，轻执起手中丝绢轻抚过他额上与脸上的伤，旧伤未好又添新伤。

脸上亦如此，身上怕是更体无完肤。

“妤婳。”他的嗓音低沉暗哑，撩拨得她的心微颤。

芮妤婳收回手，垂头敛起眼中闪烁泪光：“王上还在等着你。”

话音一落，王上近侍步履匆匆赶至，他压着喘意，向王爷与翁主行礼，传王上之言：“王爷，王上在朝天殿为你接风洗尘呢。”

“好，我知道了。”仙枝翟仍直勾勾地盯着芮妤婳，当着众人面，他轻执起她的手，柔情似水，“你与我一同前去。”

此番得胜而归，他有事想请奏王兄，望王兄成全。

王上近侍心急如焚，王爷呀王爷，王上可等着您呢。

芮妤婳深知王上设宴款待班师回朝的将士，她一介女眷又如何能去呢?

为免王上近侍为难落责罚，芮妤婳善解人意地婉拒。

既已盼到他平安而归，也不急于这一时。

两情若是久长时，又岂在朝朝暮暮。

仙枝翟神完气足入殿拜见王上，王上一见此番归来尽显疲倦沧桑的仙枝翟，心中顿觉百感交集。

当年缠着他与他玩木剑的枝翟，如今已是血气方刚、为国效力战无不胜的铁骑将军了，哪怕他在战场有令人闻风丧胆的手腕、身经百战。可在他心里，铁骑将军仍然是那个初出茅庐领兵打仗，自己替他亲自戴上头盔送行、满怀一腔热血报效国家的少年。

仙枝翟跪拜殿堂之上，他荣耀而归有一事求于王上：“望王上为我与妤婳赐婚。”妤婳身为异国翁主，却长于陈国，他与妤婳自小相识，两情相悦、情比金坚。

他深知王兄心中顾虑，异国虽将妤婳送来陈国以表忠心，可王兄心中仍存有对妤婳、对异国臣服的疑心。

05.

翌日，仙枝翟酒醒头痛欲裂！

昨夜庆功酒宴上享酒品佳肴，在朝大臣与他一一巡礼祝贺，他因喜事连连多喝了几杯——王兄答应为他与妤婳赐婚。

这个好消息，他要亲自去告诉她！

刚起身走几步便因宿醉未褪一个踉跄往前，幸而有人以身相扶，他借力支撑才未摔倒。

“慢点。”

闻声，仙枝翟蓦然侧头，便见他的妤婳咬牙勉强撑住他，他忍不住逗她：“我这身躯可是铜墙铁壁，你能扶住吗？”

芮妤婳没给他好脸色，听他如此自夸，索性一松手让他不受力猛地一着地。

仙枝翟毫无防备，疼得皱眉一哀号，酒算是彻底醒了。

“仙枝翟，论摔跤你现下可不如我了。”

仙枝翟抬头望着芮妤婳一脸宠溺地傻笑，倒让芮妤婳脸颊飞上霞红，遂转身：“别看我了。”

“看一辈子都看不够。”仙枝翟利索起身，不给芮妤婳挣脱的机会，从身后轻环住她。

芮妤婳挣了几下，生怕被人瞧见：“枝翟，若被人瞧见……”

“我抱着自己的夫人，谁敢议论！谁若在你面前乱嚼舌根，军法处置！”

“谁是你夫人？”芮妤婳羞赧低头。

“自始至终都是你，”仙枝翟轻握住她的手，“王兄答应为我们赐婚了。”

芮妤婳眼里有光，难掩心喜：“真的？”

“真的。”仙枝翟轻笑出声，“日后，你便是我仙枝翟的夫人，王府唯一的王妃。”

芮妤婳转过身，盯着他熟悉的脸仔细瞧，他不在身边时，她为他画了无数幅画像，可总画不出他独有的神韵。

脸上的伤痕是他荣耀的象征，身上亦不知有多少密密麻麻的伤口。

芮妤婳眼眶泛红，他志在报国，身负重任，身上的伤他甘之如饴。

为免他瞧见，芮妤婳别过身：“我替你束发。”

“求之不得。”仙枝翟佯装摔疼的可怜样，可芮妤婳偏不吃这一套。

他这把戏坚持了这么多年，她早已百毒不侵了。

儿时，他便用这法子戏耍了她。

仙枝翟正襟危坐在铜镜前，一脸期待，不由得憧憬感慨：“日后，你为我束发，我为你以黛描眉。”

芮妤婳手执木梳，温柔地梳理他未仔细打理的青丝，眼含柔情。这般神仙眷侣的日子她想与他执手共度、相看共守。

平凡却缱绻的日子总要出现一丁点闹腾才具生趣。

仙岁然一入殿便喊：“王叔，王叔！”

这声音他就算醉得不省人事也能听得出来，仙枝翟扶额，这小丫头真是会算准时辰来，打扰他与妤婳的独处时光。

仙岁然绕过屏风，便见仙枝翟与芮妤婳，她后知后觉回神她似打扰了他们。

王叔脸臭得都快如马粪了，仙岁然吞了吞口水，她也是识体的人，弱弱出声："然儿先行告退，待会儿再来向王叔请安。"

仙枝翟脸上露出欣慰一笑，近两年未见，然儿果真是长大了。

"然儿。"芮妤婳喊住仙岁然，"既然来了，哪还有退的道理？"

仙枝翟心里郁闷，一脸委屈似的扯了扯芮妤婳的衣袖："妤婳，然儿既要走，我们就随她去吧。"

仙枝翟望向仙岁然，整张脸狰狞地给她使眼色，示意她快些离开。

王叔啊王叔，许久未见越加变本加厉！眼里心里都只有妤婳姐姐！她可是求了父上与母上才解了禁足特意来瞧王叔的！

仙岁然撇嘴，她虽不小心眼，但该记的仇还是要记！

莫看她的王叔现下气宇轩昂、威风凛凛，儿时可是光明正大地抢走过她的糖人！还用武力逼诱她不许向妤婳姐姐告状！

今日，她便顺手报了这私仇。

仙岁然抬手一撩垂长鬓发，她偏要佯装毫无眼力见儿，觍着脸皮赖在这儿不走了！

仙岁然揖礼：“然儿请王叔安。”她偷瞄着仙枝翟一张黑脸，“王叔，你越发有男子气概了。”

被夸了一句，仙枝翟脸色稍有缓和，却差点被仙岁然的下半句噎得昨夜喝下的酒都要吐出来了。

“王叔，不知情之人还以为你这个年纪便有妤媔姐姐这般貌美与才华兼具的掌上明珠呢。”

仙枝翟忍了又忍，他万不可因然儿这臭丫头在妤媔面前失了仪态，只得强忍着恨恨从齿缝中挤出一句：“然儿年纪轻轻，怎么眼神就不好了呢？”

他与妤媔乃是天作之合！

仙枝翟望着仍滔滔不绝的仙岁然，作势拎起红木凳虚张声势，她还真无法无天了，就让他替他的王兄好好管教她一通。

一见王叔以大欺小，仙岁然秒夙，迅速躲在她的救命稻草妤媔姐姐身后，王叔对妤媔姐姐的话可是言听计从。

芮妤媔温柔一笑，这两个人一见面还如儿时般吵闹，哪怕一个已是征战沙场、威名远扬的将军，一个是与准夫君定下婚期的准新娘子。

见两人谁也不服软，芮妤婳只好打圆场：“枝翟，你若欺负了然儿，然儿的准夫君定要来追责。”

仙枝翟一见芮妤婳站然儿那一头，挺拔身姿像根柳条似的一弯，面露委屈，深觉然儿这丫头分走了妤婳对他一半的情谊。

仙岁然从芮妤婳身后探出半颗脑袋，两只眼睛骨碌碌转着，一对上王叔那恨不得杀死她的可怕眼神，身子一颤。

等等？仙枝翟眉头一拧，刚妤婳说什么来着？然儿的准夫君？

“然儿，你……”仙枝翟放下红木凳，忽有一种然儿初长成便要嫁做他人妇的伤感，“你与你那童养夫定下婚期了？”

仙岁然眨巴眼，莫名有了底气，她背后可是有准夫君的撑腰！

这么一想，仙岁然顿时有了底气，语调轻快上扬：“当然！”

“替我向你那准夫君带个好，”仙枝翟忽而变了脸，为然儿的准夫君感喟，“得你恁地一娘子，他前世造的什么孽，竟遭这般罪。”

嗬！仙岁然嘴角一抽，她就知她这王叔江山易改，本性难移！调侃她毫不嘴软！

妤婳姐姐怎么就瞧上她这……气得她都不知该如何形容她的王叔仙枝翟了！

可在妤婳姐姐眼里，她的王叔自是有不足，也瑕不掩瑜。

仙枝翟生怕仙岁然将他的妤婳抢走，利落地牵过妤婳护在自己身后，好似她是个恶人。

罢了，她可是非常善解人意的，自然不能耽误他们的情意绵绵，何况她的王叔近两年未归，也不知何时便突然启程征战。

仙岁然抿了抿唇，虽说王叔总欺负她还抢她的糖人，可若是她受了气，他定是不轻饶对方，昂藏七尺、玉树临风、胸怀有志，妤婳姐姐温柔可人、秀外慧中、知书达理，他们真是佳偶天成呀！

她真的替他们开心，携手走过变幻四季，最后白头偕老之人仍是初见执手之人。

虽说她要抽身而退给他们二人留缱绻时光，可临走不捉弄王叔一下，她心里便像堵了块梅花糕点似的难受："王叔，然儿喜酒可要赶在你前头了。"

仙枝翟眉心一跳，小丫头片子！

论心头扎刀子，她是汴京第一人。

第五章

◆

- 来世今生，他都只愿做她的夫君。

01.

乞巧节，汴京城中一年一度最盛大的节日。

长街百户张灯结彩，乞巧市集灯火通明，人流如潮。

乞巧市集乞巧物品琳琅满目，令人目不暇接。

待字闺中的女子纷纷结彩线，穿七孔针“验巧”，谁穿得快，谁便是“得巧”者。

仙岁然艰难挤入围观人群前头去，跃跃欲试间忽而想起她是女扮男装偷溜出宫，低头瞧着她这一身侍童装扮的素色短衫，怏怏离开了。

她得先去换下这身侍童短衫，免得与缪岑元同行，又被人误会成“断袖”，有扫名声。

幸而她有先见之明，命琉璃在一家布庄提前赶制了她的衣衫，只待乞巧节穿用。

一袭月白色襦裙配以丁香色香云纱披帛，发尖上插一别致簪花，在此候她的少年郎赴约。

乞巧市集，众人言笑晏晏，独留仙岁然一人。

此刻王叔与妤嫿姐姐正在肆意享受他们二人的好时光，她哪怕再无眼力见儿，也不会凑上去打扰他们。

王叔该好好陪陪妤嫿姐姐，也不枉妤嫿姐姐独守一座城等她的少年郎归来。

若不是父上与母上听神东迟之言，为保她平安而将她软禁在殿中，她也不用如此费心出宫与缪岑元私会了。

此等盛大的乞巧节，仙岁然自是不能错过与有情郎共赏街灯繁华的景致，早早就派了琉璃送信告诉缪岑元见面地点。

若不是她死乞白赖地求着妤嫿姐姐与王叔，让她佯装成伺候他们的侍童出宫，再让琉璃假扮她留于宫中，她怕也不能行于长街乞巧市集。

仙岁然百无聊赖地闲逛，从乞巧市集的东头游荡至西头，新鲜玩意让她长了不少见识。

月色渐冷，仍不见缪岑元的身影，仙岁然愤愤地握鼗柄而摇之，弹丸击鼓，音律忽高忽低，似是摇鼗之人的发泄。

缪岑元，你竟不守约！

仙岁然越想心里越堵得慌，自顾自发了一通脾气，可若他即刻出现在她面前，她便既往不咎。

地上影子一跃而过，来人却不是缪岑元，而是三两个戴面具之人，步法异常，倏然靠近，吓得仙岁然捂紧佩于腰间的钱袋。

莫不是公然打劫？

皓月当空，竟有如此扫雅兴之事！仙岁然长嗟一声，心里哼笑，打她的主意？休想！

人在银子在！

仙岁然眼瞪如铜铃，死死地攥住钱袋，却不料那几人无心打劫，而是围着她跳起了形似傩舞的舞蹈。

市集挑灯亮如白日，两三人一舞毕，自行退散。正当仙岁然暗自松了一口气，脚刚迈了两步，前头又出现了两行舞姬，戴着面具翩翩起舞靠近。

此地不宜久留！

仙岁然双手捂着钱袋准备转头而逃，却发现被舞姬两面夹击，排面大得让她以为误入了起舞游行中。

仙岁然害怕地缩了缩脖子，抬眼间忽地瞥见一抹熟悉身影自起舞之人间穿行而来。

神仙？莫非是琉璃暴露，他特意出宫来逮她的吧？

仙岁然反应极快，利落地转身钻进人群欲逃，却被舞姬人潮给推挤了回来，她欲哭无泪，心里苦哇！

风起，神东迟踩浅踏而至，盯着仙岁然的背影愣神。

青丝垂腰迎风凌乱，他眉头轻蹙，从当带抽出蝙蝠扇，手柄上的银针锋利，执袖针起，狩衣衣袖上的袖括断落。

神东迟一手将袖括抽出，一手将蝙蝠扇别回当带，一气呵成。

仙岁然一惊，下意识回头，却被神东迟温柔一斥："别动。"

神东迟凝眸，温柔仔细地用袖括将她凌乱的青丝绑好，若有金银纸发绳更好，东瀛女子都以此绑发。

"好了。"

仙岁然这才回头，眼里有慌张也有疑惑："神仙，你怎么知道我在这里啊？"

"你忘了我是阴阳师吗？"

仙岁然眸色一黯，是哦。哪怕她做得再天衣无缝，他只要勾指一算，她便无所遁形。

“我，我就是随王叔与妤婳姐姐出宫凑个热闹。”仙岁然心虚，干笑一声欲逃，却被神东迟以迅雷不及掩耳之势扯住了钱袋。

嗬！堂堂陈国的阴阳师竟还想神不知鬼不觉地顺走她的钱袋！天理不容呀！

仙岁然何等机灵，腰肢一扭，抬手想要夺回她的钱袋，奈何他人高马大！

“神仙，你这般抢我银子，可不厚道。”

神东迟盯着她气鼓鼓的腮帮子，笑意渐显：“那趁我远行在外，入我阴阳寮开我银箱拿我银子，厚道吗？”

“我后来可是还回去了！”不打自招！仙岁然捂嘴懊恼！

见她这般模样，神东迟不忍心了：“我没有责怪的意思。”

仙岁然抬眼偷瞄他，不责怪还翻旧账？神仙也小气！

仙岁然踮脚拿回钱袋，宝贝似的揣在怀里，四下打量，这节骨眼，缪岑元可万万不能出现啊。

“你，不回宫啊？”仙岁然小心翼翼地试探。

神东迟明知故问：“你在等谁吗？”

“不不不，”仙岁然挤出一抹谄媚之笑，“我就是在宫里闷久了，出来散散心。”

“那我陪你。”

仙岁然心里哀号，本公主不需要陪啊！

“来年入夏，天神祭典上的神乐你可一瞧，不比这形似傩舞差。”神东迟顿下步子，回头，“然儿。”

被唤的仙岁然回过神，露出一笑，极力掩藏她心里的小算盘，小碎步上前：“你说了什么？”

“我说，”神东迟立于她面前，双眸紧盯着她瞧，“这舞是我特意为你准备的。”

仙岁然愣怔了半晌，笑弯了腰：“神仙，你怎么也学得那些风流之人的说辞？”

她看着分明就是他们为庆乞巧兴头上起舞一乐罢了。

神东迟敛回目光，垂眼轻笑，却莫名藏着一丝苦涩，心想，然儿，这舞的确是我特意为你准备的，只为博你一笑。

用精灵操控人身起舞乃是禁术，可若为了她，哪怕私用禁术对自身有反噬，他也在所不惜。

有所事成，有舍有得。

仙岁然捏了捏钱袋，难掩心疼，为了与缪岑元相见，银子有何重要？钱财乃身外之物！

仙岁然脚步一顿，回眸一笑众生倾：“神仙，你喜欢什么？我给你买！”

小财迷竟大方至此？为他出手阔绰让他心生妒意，不过一个缪岑元，真的对她如此重要吗？

神东迟忽而心口一窒，身子疲软，用禁术操控精灵会损耗自身元气，但不会反噬得如此之快，莫非是——缪岑元冲破了他式神操控？

不，不可能！

神东迟皱眉凝眸，他以缪岑元之血养式神，以此来控制缪岑元无法动弹来赴约。

仙岁然掂着钱袋环视了一圈小贩所叫卖的乞巧物品，一眼相中了一竹雕容器，外雕花鸟纹饰栩栩如生、刀工深峻、线条刚劲有力，用来做占卜命轮的签筒正合适。

“神……”仙岁然转身，正好瞧见神东迟眉头紧皱、躬着身，“神仙，你怎么了？”

“无妨。”

神东迟努力抑制体内的反噬，为免她担心继续追问，他只得借故阴阳寮有事先行离开。

仙岁然攥了攥钱袋，眼神直勾勾地盯着那竹雕容器……

02.

乞巧节因烟火蓄势升空渐渐进入高潮，人潮全部向桥头聚拢，仙岁然提着一盏花灯随人潮上了桥，一睹烟花冲天之景。

只听一记闷响，烟花蹿上天空崩裂四方，一瞬间流光溢彩。

桥上人潮拥挤，仙岁然高举起花灯，面露狰容意图挤出重围，孰料摩肩接踵，神东迟给她的新佛木符不慎挤落。

烟花绽放的晴朗夜空忽而集聚一团黑雾，声势浩大，引得偷闲来凑凡间热闹的拾魄者凝眸思量。

神东迟背倚旧墙，身子发虚，额角浸汗，昂视夜空黑雾聚拢，孤魂散鬼争相而来，只为一人——仙岁然。

桥上人满为患，仙岁然被拥挤人潮顺势推挤出去，脚下不知被谁一绊，身子蓦地前倾，手中提的一盏花灯左摇右摆。

仙岁然惊吓得双眼倏地睁圆，却偏巧飞扑入一人怀里，熟悉的清甜醒神气味让她瞬间心宁。

缪岑元双手牢牢托住她，宽长云袖轻拂过轻晃花灯，一遮花灯内摇曳烛火。

三三两两拾魄者托腮打量，皓月当空却聚拢一团黑雾，定是有不净不洁之物招摇于市，才闹出此等动静。

眼尖疑心重的拾魄者循着痕迹嗅到仙岁然之身的蛛丝马迹，却因缪岑元突然闯入打断了他们的思绪。

虽寻不到仙岁然之身的根本，可缪岑元身上的火旺之势却能轻而易举驱散黑雾，令体虚阴寒的拾魄者望而却步。

若再往前靠近一步，便如被丢进地府的火炉无异。

拾魄者捶胸顿足也无济于事，只得黯然遁走。

心系仙岁然安危的神东迟强撑着疲软身子折返，却见闲散拾魄者的尾影消逝在烟花中。

神东迟手扶着泛黄院墙，青筋凸显，一双桃花眼似要看穿桥上那两抹轻拥的身影。

他不曾料到缪岑元能出现在乞巧市集——

他以缪岑元血养式神便是等待今日，将缪岑元缚立原地，却不曾预料到缪岑元竟有通天本领轻易冲破他的式神钳制，令他元神遭受反噬，体力不支，让缪岑元截了他与她的乞巧相遇。

仙岁然极力挽回她得体有礼的公主之仪，蓦地站直身体，先前对他为何迟来赴约的抱怨全数烟消云散。

她心里长吁一口气，暗暗较劲，仙岁然，真没骨气！

下一秒，“缪岑元，你来了。”仙岁然莞尔，手提一盏被挤得不成形的花灯，果真等来了她的翩翩少年郎！

“嗯。”缪岑元定定地瞧着她一双细眉之下的亮眸，绚烂烟火也不及她眼里的光亮。

“我来晚了。”缪岑元主动揽错。

仙岁然一秒怒意都舍不得显露，不矜持的双手挽住他的胳膊：“早与晚都无碍，重要的是我等来了你。”

缪岑元浅笑，看来他极力挣脱束缚的功夫没白费。见她笑得如此开怀，他自然未对她说出他是因神东迟的把戏而被绊住了脚。

“你的花灯若再靠得近些，我的云袖便要被点着了。”

仙岁然露出邪恶一笑，故意将花灯举近，看着缪岑元因惊慌而仰头后退，心里乐开了花。

想不到身姿挺拔的缪岑元胆儿竟这般小！她不过是逗他罢了，她哪舍得伤着她的准夫君一丝一毫呢。

“你流鼻血了。”

仙岁然瞧着他正经模样，“嘁”了一声，想骗她？她可不会轻信。

唇上忽染上一阵凉意，仙岁然后知后觉地抬手轻蹭，指尖一抹鲜红映入眼帘，她倒吸一口凉气，血……是血……

见她这胆小模样，缪岑元嘴角抑制不住地上扬，正欲抻袖替她轻拭鲜血，一束烟花飞入夜空，熠熠绽放。

仙岁然吓了一跳，蓦地丢掉手中花灯，猛地扑入缪岑元怀里。

缪岑元手轻揽住她的肩头，抬眼将绽放烟花尽收眼底："不赏烟花吗？"

仙岁然揪着他的对襟，缓缓抬眸，盯着烟花下他的下颌线吞了吞口水："赏。"

与他共赏乞巧烟花，漫步桥头河岸边，做对白首不相离的神仙眷侣，此生无憾！

只是……仙岁然挠头，鼻血蹭于他衣衫对襟处了……

"我替你浣衣。"

"缪岑元何德何能劳驾公主？"

"因为你是我的准夫君呀！"

缪岑元瞧着她笑得天真无邪，是啊，前尘此生来世，他都只愿做她的夫君。

03.

因长幼秩序，乞巧节一过，父上便为王叔与妤婳姐姐赐婚，婚期定在她与缪岑元之前。

仙岁然抓耳挠腮，她气哉！

偏偏她那毫无眼力见儿的王叔还要亲自前来告知她喝喜酒一事，摆明了是报上回她在他面前骄傲神气夸下海口喜酒赶在他前头一事。

仙枝翟故作炫耀，命人抬来冰鉴，一个双层的器皿，鉴内置有一缶放于正中。

仙枝翟扬袖，抬眼瞧见仙岁然眼底呼之欲出的怨念，弯腰打开冰鉴上方带有镂空花纹的盖子。

盖子中间有一方口套住缶的颈部，鉴的底部有活动机关，将缶牢牢固定在鉴中，鉴与缶的空隙处置冬日在河、海处取的冰，再将缶内装入美酒，取之饮用，那才真是清冽醇香。

“酒香四溢，真是好酒！”仙枝翟吩咐琉璃取来酒樽，他要与然儿好好地喝上一杯。在这闷热之际，饮上一杯，那才叫逍遥快活！

琉璃担忧道：“王爷，这大白日便饮酒，若是让王上与王后知晓了……”

仙枝翟豪放一言：“无妨！有何事，本王爷担着。”

婚期已定，仙枝翟心里的石头终于落下了，他与妤婳终于守得云开见月明。

不过，婚期抢在了然儿前头，他若不亲自露个面一解然儿心里疙瘩，她怕是郁结闷在殿内，惹得妤婳忧心。

“然儿，来尝尝这酒，妤婳最喜品这美酒滋味了。”

仙岁然有气无力地伏于床榻，偷瞥自斟自饮的王叔，心里竟涌现了对酒的渴望，怕是那时借酒引诱缪岑元落下的瘾。

“我特意命人抬来冰鉴，便是来让你降一降怒火。”

仙岁然哀叹一声，真不知她这呆头呆脑的王叔究竟是有什么魅力才让妤婳姐姐一朵鲜花插在了牛粪上……

仙枝翟几杯酒下肚，撺掇然儿同他喝杯酒不成，正皱眉失落，恰逢芮妤婳入殿。

仙枝翟顿时像是找到倚靠之人，垂首撒娇，仙岁然瞧着起了一身鸡皮疙瘩。

“妤婳姐姐，你可不能太宠这个铁汉子了。”仙岁然一脸嫉妒，“母上说过，不能对自个儿夫君太宠，不然他会恃宠而骄。”

仙枝翟听后，恨不能缝上这小丫头的嘴，他与妤婳喜结连理，怎么这丫头就盼不得她王叔一点好呢？真是白疼她了！

“然儿，王嫂叫我今儿带妤婳一起去用午膳，你说，你乞巧节假扮侍童随我们出宫一事要不要禀报？”

仙枝翟一脸欠揍地盯着仙岁然笑，笑得仙岁然不寒而栗。

她的王叔还真是小心眼呀！

仙岁然蓦地下榻扑入芮妤婳的怀里，可怜兮兮："妤婳姐姐，你瞧，王叔他欺负我。"

仙枝翟嘴角一抽，这丫头还真是了解他的命门啊。

"枝翟，你就别打趣然儿了。"芮妤婳温柔地抬手轻理她松散的发髻，"用过午膳后，我会与枝翟出宫去汴京最负盛名的布庄定制婚服，你随我们同去，也好帮我挑一挑做喜服的布匹。"

仙枝翟哀叹一声，何必叫上然儿？他只想和她独享两人缱绻时光。

他自然知道妤婳好心，一心为然儿与缪岑元找时机见面，乞巧节亦是如此。

仙枝翟立于原地，满眼的柔情只为妤婳一人。

04.

汴京第一布庄，因王爷与翁主驾临，长街往来百姓络绎不绝，为一睹铁骑将军凛然风采与其准夫人芮妤婳的风姿绰约。

仙岁然佯扮侍女贴身侍奉，琳琅满目的金饰与绒花让人瞧得眼花缭乱，绣花吉服一一展列。

“妤婳姐姐，”仙岁然为她挑了一支珐琅彩蝴蝶纹簪，“你瞧这簪可好看？”

芮妤婳扶袖轻拿过簪子，细细瞧了瞧：“真好看。”说着，将簪子插入仙岁然的发髻，“然儿戴着最好看。”

仙岁然脸微烧：“妤婳姐姐，这是然儿为你而挑的。”

芮妤婳一眼就瞧穿了她的心思：“然儿也该挑一挑成亲首饰了，虽知王上与王后定会为你准备丰厚嫁礼，可我也想为然儿准备些什么。”她轻拉着然儿的手，“你瞧瞧你喜欢什么都包起来。”

仙岁然感动得就差痛哭流涕了，她猛地扑入芮妤婳怀里，声音绵绵如细雨：“妤婳姐姐，你对我最最最好了！”

布帘被轻轻挑开，仙枝翟探出个脑袋，一眼就瞧见像个树懒挂在妤婳身上的然儿，醋意满满：“然儿，你别勒着妤婳了。”

仙岁然扭头，没好脸色：“我的王叔真是小气。”仙岁然蓦地挺直背脊，豪言道，“妤婳姐姐，若以后王叔敢欺负你，我定大义灭亲！”

仙枝翟汗颜，芮妤婳闻此掩袖浅笑。

他很是为缪岑元担心哪，娶了一个撒起疯来连天色都变的小丫头。

被仙枝翟念叨的缪岑元偏巧赶来，撞见仙枝翟爱莫能助的眼神。

一见缪岑元，仙岁然立刻敛起咋呼脾性，一脸娇羞小碎步跑来：“缪岑元，你来啦。”

一旁的仙枝翟默默踱到芮妤婳身旁，与她交换眼神，这丫头脸变得是真快呀！

“不如今日我们也将婚服定下吧。”仙岁然双手紧紧钩着缪岑元的胳膊，生怕他逃了似的。

缪岑元拗不过仙岁然的死缠烂打，同意量身裁衣。

可是，仙岁然赫然发现，她的腰竟然比缪岑元粗！

苍天啊！大地啊！为何对她一弱女子如此残忍！

仙岁然经不住这一打击，恨不能光天化日之下就解了他腰间的蹀躞带，眼见为实！

若不是仙枝翟大喊矜持强行将她拖走，她怕是就解了缪岑元的蹀躞带，一解成名！

“缪岑元，你就从了我吧！从了我……”仙枝翟死死捂住仙岁然的嘴巴，生怕被有心人听了去，有损王室清誉！

缪岑元理了理腰间的蹀躞带，轻抚过她相赠的衿缨，嘴角微扬。

今日他姗姗来迟，因昨日收到一封家书——

缪岑景信中所言，虽事事以缪家为先，可字句中早已暴露刺杀缪岑元却误伤仙岁然的人正是他。

为掩自己的所作所为，缪岑景竟擅自主张移花接木，为缪岑元选了一条于他于缪家最好的路子。

刺客身份已亮明与缪岑景无关，他若继续查，那便是置缪家百余条人命不顾。

一夜辗转未眠思忖，缪岑元做出了决定——

暂且先搁置缪岑景恶行。

缪岑景早已留了后手，缪岑元派人去查，也只查到蛛丝马迹。

缪岑景之母申冼眉虽可疑，背后却寻不到她与申家半分牵扯痕迹，好似她嫁至缪府后便与申家再无瓜葛。

先前虽查到缪岑景与其母娘家暗中勾结，可奈何能证其罪行的账簿与来往书信被人先行销毁。

仿佛早已知晓缪岑元会从缪岑景与申家生意往来下手。

缪岑景如此心急按捺不住想要摆脱自己之嫌疑，他便按兵不动，以静制动，他倒想看一看缪岑景接下来这步棋该如何走?

05.

阴阳寮内，神东迟跪坐于帐帘内，高台烛火无风微燃。

半敞银箱内的式神四真八假，他本该在知晓那一日便将八两真银弃之。

式神魂魄绕于烛火之上候命——自以缪岑元之血养式神，式神魂魄可保原貌，亦可自由进出阴阳寮替他办事。

自乞巧节那日他心系仙岁然安危折返却捕捉到三三两两拾魄者消失黑夜的尾影，他便心存怀疑，拾魄者游离于三界之外、不受地府管辖，明目张胆挑战黑白无常底线、全以围猎游魂散鬼为乐，却寻仙岁然而去。

他虽知然儿自降生起便非比常人，却从未对她身份起疑，一心追踪她为何易招惹鬼魂。

四两式神猛然坠回银箱，轰然炸出蓝色火焰腾地蹿而起，垂地帐帘一点便着，通天噬红血焰跃入眼帘。

那烧旺的火焰中是然儿的面容，从现在的容貌匆匆一掠至及笄之礼的样貌再往前……再是然儿降生之时的襁褓模样……

神东迟跪坐，忽觉浑身被抽光了气力，手指紧揪住膝上的指贯，愁容凝眸，那漫漫火焰中的人，似熟悉又陌生。

蓝色火焰一掩红色火焰，前尘往事一焰谈笑，众生无明故，六道四生只轮回……

原来，真正的仙岁然在王后胎内便死了……他爱着并护着的不过是一缕丢失往生记忆、命途多舛投生的魂魄。

手上的佛木之珠被火光烘烤炙热，浓烟缭绕寮内，忽闻一阵猛咳，神东迟骤然回神，便见仙岁然一手撩开帐帘，一手挥散寮内呛人浓烟：“神仙，你作甚？”

神东迟眉头紧皱，一双桃花眼紧盯着她，似要将她看穿才罢休，唇瓣轻启：“然儿。”

唤她这一声，他便下定决心了，她不是仙岁然又如何，他仍旧爱她愿护着她，只有他，才能护她周全。

这一次，他是不是就能将她留在身边了？

“神仙！”仙岁然意图冲入大火中，却因灼人火焰而止步，“神东迟！”

火焰苗头猛蹿而上，灼伤了仙岁然的眼睛，仙岁然惊呼一声，扯下帐帘，火焰蔓延至她的裙摆。

神东迟心急一挥银箱，蓝色火焰猛然幻成式神，绕帘一圈，火焰尽数消退，全然不见先前逼人火势。

神东迟疾步下筑台，扯开盖于然儿身上的帐帘，一扬狩衣衣袖扶起闭眸痛苦的然儿，另一只手吸附式神覆在然儿眼睛上，以式神之力吸取灼她眼的火焰。

“然儿。”神东迟紧张地唤她名。

仙岁然缓缓睁开眼，灼伤刺痛尽退，帐帘之内火焰已灭，毫无火烧之味。

被丢在一旁的帐帘并无烧毁迹象。

仙岁然甚觉不可思议，阴阳寮内明明走水了，难道……是她的幻觉?

神东迟扶她起来，上下打量着她：“没事吧？”

“嗯。”仙岁然愣愣点头，“刚刚……怎么了？”

“我在精进我的阴阳道修为，”神东迟一只手背于身后，令式神入银箱，他怕吓着她，“然儿，我给你的佛木符，带在身上吗？”

“那是自然。”仙岁然将佛木符掏出来在他眼前一晃便准备放回去，却被神东迟眼疾手快擒住手腕。

“佛木符我先收回。”

仙岁然疑惑：“神仙，为何啊？”若佛木符被收回，她又碰见游魂散鬼该当如何啊?

不行，绝不可以!

仙岁然挣扎欲抽回手：“送出去的东西哪有收回的道理？”

神东迟无奈一笑：“我没有要收回的意思。”

“那你这……”仙岁然目光落在他的手上，这不是公然强抢的架势吗?

“你在这儿候我。”神东迟拿着佛木符进了阴阳寮旧机关内。

仙岁然双手背在身后，环顾这阴森的阴阳寮，凉风飕飕的，也不知道神仙一个人安置在这儿可习惯?

神东迟手握佛木符凝望须臾，将佛木符蓦地丢入方铜盅里，食指与中指并拢燃火萦绕直抵眉心，然后利落一扬。

一滴血红凝于半空，转瞬坠入盅内，绽如血花。

立于帐帘内细瞧银箱的仙岁然顿觉背脊发凉，帐帘无风而撩，烛火忽灭忽亮。

神东迟着浅踏而来，步调时浅时深，脸上愁容唯有见到仙岁然才消逝。

他将佛木符递给她，手腕上的佛木之珠似有感应微颤，这一次，他给她的佛木符里多了一味不同于往日念咒之令——他的眉心血。

“随身带着。”

逃亡魂魄投胎重生，确是易招惹游魂散鬼，随着年岁渐长，有可能会引起闲散灵敏的拾魄者的注意。

然儿，哪怕豁出他的所有，他也会护她平安喜乐。

第六章

◆

- 待君凯旋，我们就成婚。

01.

“梦醒往生……来世可待……”

梦中之音如余音绕梁，若不是琉璃扯破嗓门一喊，仙岁然怕是仍困在梦中。

琉璃跪在床榻前，上气不接下气：“公主，不好了。”

仙岁然被梦魇缠得头昏脑涨，叹了口气：“何事？”

“驸马爷入宫了！”

仙岁然乍然清醒：“缪岑元入宫？”莫非是刺客一事水落石出，他特来向父上禀报？

“一同入宫的还有缪家长子！”

缪家长子？缪岑元的大哥缪岑景？

仙岁然掀被下榻：“快为我梳洗更衣，我要去瞧瞧所为何事。”

琉璃腾地起身，连声应好。

缪岑元一收到缪岑景只身一人入宫觐见王上的消息便策马疾赶入宫。

一入殿内，缪岑元一眼便看到缪岑景被赐予上座好生招待，两人目光交汇，暗流涌动。

缪岑景冲他挑衅一挑眉，随即敛起一脸自傲，双手作揖行礼王上：“王上，岑景此次入宫，一是为了刺杀公主一案，二也是牵挂我二弟岑元。”

王上开怀：“好！”

缪岑元心中有不好预感，果然——

“此次公主遇袭，岑元自知与他脱不了干系，夜不能寐、食不知味，一门心思都埋在这桩案上，作为岑元的兄长看在眼里，心里很不是滋味。”缪岑景说得字字恳切，连缪岑元都差点信以为真。

“公主遇袭，揪出幕后之人杜绝后患，方是万全之策。”缪岑景忽而起身，置于殿前，撩衫行拜礼，“此次岑元与我兄弟二人合力追查此事，将刺客一网打尽，并找出了幕后之人。”

缪岑元冷着脸上前向王上行过礼，追问缪岑景幕后之人是谁：“不知大哥是如何找出幕后之人的？”

缪岑景低头冷笑：“二弟，幕后之人是你我合力找出的，你怎会不记得此事？”

缪岑元缓缓道出：“怕是幕后之人诡计多端，让人找了替罪羊顶替让人混淆也不无可能。”

“二弟，你这话是何意？你与我合力追查，难道你不信大哥？”缪岑景冷下脸，他们兄弟二人虽都为缪家之子，但终究是同父异母，心里隔了一道坎。

他们打小便有芥蒂。

元恨缪岑元的母亲抢走了本该属于他母亲的一切，也恨缪岑元身为父亲的嫡子抢走了父亲对他所有的爱。

缪岑元固执地认为自己母亲之死与缪岑景和他的母亲脱不了干系。

经过这么多年，心里的猜忌与妒恨早已扎根。

若不是仙岁然莽撞入殿打破他与缪岑景剑拔弩张的氛围，他怕是忍不住对缪岑景拔剑相向、惊扰圣驾。

王上嘴上虽斥仙岁然毫无体统不待通传便私自闯殿，可脸上柔情尽显无疑：“然儿，你夫君的大哥你还未见过吧？”

仙岁然拘谨作揖：“岁然见过大哥。”

缪岑景胁肩谄笑回礼：“公主无须多礼。”

王上为缪岑景接风洗尘，大摆宴席在朝霁殿。

王上与王后坐上座，缪岑元与仙岁然位于左，缪岑景与神东迟居于右。

仙枝翟携芮妤婳启程去往异国，以他斐然战绩向异国王室下聘娶芮妤婳。

席间，缪岑景命随侍取来妆匣，金属镶玉，华贵却不失别致："公主，母亲知我来汴京，特让我带此物献给公主，聊表缪家对公主的心意。"

仙岁然喜上眉梢，将妆匣来回细瞧，做工精致，她喜欢得很哪！

匣中以金、银、玉、骨、木打造的簪钗镶满珠玉、翡翠，真是令人眼花缭乱。

"代我谢过二姨娘。"

仙岁然看着缪岑景嘴角一抽，达到目的低头偷笑。

她可是听得一清二楚——开宴前，缪岑景唤缪岑元前去偏室，言语中满是冷嘲热讽、赤口毒舌。

哪怕她有失偏颇，她也绝不许他人欺她夫君，就算那人是缪岑元同父异母的大哥也不行！

她的夫君只有她能欺负！

缪岑景佯装泰然，可心里却种下了一根刺。

二房长子这个头衔伴他多年，哪怕他的母亲是申家视若珍宝的小姐，入了缪家，也只能屈于二房。

他心里默念：二姨娘，二姨娘！

哪怕他的母亲不是缪岑元的生母，可缪岑元的母亲苏屏芝已过身多年，缪家大小事务全由他的母亲打理得井井有条，在下人的眼里，她早已是缪家主母！

神东迟桃花眼微垂，瞄见缪岑景藏于长桌之下紧攥的手，遂握袖替他斟酒："缪大公子鞍马劳神。"

缪岑景闻言，紧攥的手缓缓松开。他谢过神东迟替他斟酒，将酒樽高举，双目紧盯着仙岁然，言不由衷道："公主的谢意我自会带到。"

缪岑景一饮而尽，又为自己斟了一杯："二弟与公主情深意笃，这一杯，我祝二弟与公主百年好合、永浴爱河。"

缪岑元面上虽带笑，却犹拒人于千里之外，想要刺杀他之人却误伤公主，缪岑景脸上毫无悔意且笑脸盈盈一口一个公主唤得真是勤！

缪岑元搁下酒樽，偏头望着小口抿酒的仙岁然，心里有愧，明知伤她之人，却不能如实相告。

席上，缪岑元与神东迟眼神交汇，双方心知肚明谁也不点破。

遇刺一事，经此一闹，就算了结了。

缪岑景在他之前先将此事圆得天衣无缝，他若是再去拆穿，只会龙颜大怒，迁怒于缪家。

酒过三巡，缪岑景言语越发没有遮拦，明里暗里都有宣战意味。

缪家偌大产业，缪岑元从前不屑去争。如今，为了她，他也想好好争一番。

“二弟，你安心置办婚礼，万不能怠慢了公主，府中大小事务我自会管着。”

缪岑元垂眸，望着酒樽里斟满的美酒：“岑元在此谢过大哥，”顿了顿，缪岑元缓缓抬头，迎上缪岑景的目光，“替我操心劳力，待我回府接管事务，还望大哥不吝多加指点。”

缪岑景脸上青一阵白一阵，在御前可不能失了气度，只得佯装恬然：“那是自然，你我兄弟不必拘于此。”

人前真是演得一出兄弟和睦的好戏啊！

神东迟微挑眼尾，端起酒樽一饮而尽，刻意不去瞧然儿与缪岑元的柔情蜜意，唯有美酒让他一醉方休。

02.

婚期既定，仙岁然心中大石自然落下。

如今只待王叔与妤婳姐姐早日完婚，她嫁于缪岑元才有可盼之日。

琉璃步子缓慢，偷瞥了殿内好几眼才提裙跟上仙岁然：“公主，席未散您便离开恐不合礼。”

仙岁然蓦地一顿，转身，水灵灵的眼睛直瞧着琉璃：“你五次三番都劝我留席，所为何意？莫不是你相中了谁？”

被仙岁然无意点破的琉璃慌张撇清：“公……公主，您就别拿琉璃打趣了。”

仙岁然倾身附在琉璃耳畔：“你若是有心上人，告诉我，我帮你做媒。”

“公主，”琉璃垂头，指甲紧抠肉里，欲言又止，“琉璃只想陪着公主。”

“傻丫头。”仙岁然轻弹了弹她的脑门。

缪岑景虽收敛芒刺，可仍咄咄逼人。

仙岁然打心眼里不喜他，总觉得他身上有股狠戾，她无意听到他与缪岑元的对话，言辞中尖酸刻薄，人前却装得豁达大度。

“琉璃，缪家二夫人好意送来的妆匣，你替我收起来吧，”仙岁然将妆匣盖合上，“收于屉底。”

琉璃抬眸：“是。”

缪岑元不喜之人，她也不喜。

缪岑元手指屈起轻敲屏风，惹得仙岁然心一惊。

“缪岑元！”仙岁然脸上掩不住笑意，迈着轻快步子猛扑入缪岑元怀里，“席未散你怎离开了？”

“自然是学你，”缪岑元宠溺地瞧着她，“可我向王上请奏了。”

仙岁然鼓着腮帮子：“你是拐着弯说我不懂礼数吧？”

“你既不懂礼数，也是夫君惯的。”

听他说“夫君”二字，仙岁然这颗凡心蹦跶得越发厉害，面染霞红：“夫君。”

缪岑元身子一怔，随即眼里的温柔似要化开了：“余生太长，夫君二字怕你唤多了便厌了。”

仙岁然摇头，坚定地开口：“不会！一生一世如此之短，我怕唤不够。”

缪岑元空出手，轻点了点她的脑袋：“你呀。”

“那你随我去个地方？”

“此时？”犹豫半晌，缪岑元终是拗不过她，答应了。

“嗯！”仙岁然冲缪岑元猛眨眼，生怕他逃跑似的，双手转而紧紧环住他的胳膊，脸贴在他冰凉顺滑的绸缎衣料上来回蹭。

正值日昳，长街上热闹非凡。

一辆宫廷马车公然游街招眼异常。

仙岁然撩开轿帘，探头张望，原来父上与母上大张旗鼓恩爱游街是这般心境。

只是她的准夫君……此刻缩在轿内角落，似被人轻薄了一番。

仙岁然拂袖，冲他挑眉缓缓靠近，好似登徒浪子轻唤他的名：“缪岑元。”

光天化日，缪岑元心如止水地用手指抵住她的额头，以此来挡住她身子的靠近。

“长街之上，不得逾矩。”他哀叹一声，早知是游街昭告天下，他便不答应了。如今行至此步，他哪怕脸面再薄，也不会放着她一人。

仙岁然被缪岑元深情眼神盯得浑身不自在，敛了调戏他的心思，乖乖坐回自己的位子，生怕他情动把持不住。

仙岁然拂袖覆于膝上，偷瞄他一眼，道：“缪岑元，你说的，长街之上不得逾矩。”

缪岑元低头忍笑，这丫头脑袋里究竟装了些什么？

为转移他的注意力，仙岁然忽而从袖口里掏出她偷藏的粽子糖。

粽子糖，姑苏之特产，夏日不宜生产而格外珍贵，因母上爱吃，父上特命人从姑苏之地用冰鉴带回全部放在了母上殿内，一颗都未舍得给她。

就这几颗还是她去母上殿内顺手偷藏的。

琥珀色的外皮因天气太热有些黏糊糊，但不影响仙岁然对它的喜爱，粽子糖采用蔗糖配以玫瑰花、饴糖、松子仁……鼻间一嗅，似有淡淡的一丝粽香。

仙岁然亲自喂了缪岑元一颗，他眉间虽露一丝抗拒但转眼消散，细细品粽子糖的滋味。

“甜吗？”

缪岑元紧盯着她如装满星辰的眸子：“甜。”

仙岁然也尝了一颗粽子糖，真是甜哪！比她往日吃的粽子糖还要甜上三分。

马车忽停，若不是缪岑元反应灵敏揽住她，她怕是整个人都摔出轿帘外了。

仙岁然气势汹汹地撩帘欲向车夫兴师问罪，可刚探出半个身子，便猛地心虚缩了回来。

缪岑元见状，遂亲自去探个究竟，却被仙岁然硬生生扯住衣袖。

“没什么。”仙岁然扯着他的衣袖不松手，“就是碾过一石子儿。”

仙岁然偏头冲车夫喊道：“起驾起驾！”

缪岑元凝眸，此地无银三百两。

“停！”缪岑元喊停车夫扬鞭，见仙岁然心虚至此，他倒更想知道究竟所为何事。

他抽袖下马车，便见一位身穿麻衣短服的壮年男子，头裹逍遥巾，一脸憨笑。

“小民恭麻子拜见驸马爷，惊扰公主与驸马爷，还望恕罪。”

缪岑元轻轻拧眉，他自知他的记忆里从未有这个人。

“驸马爷，最新戏折子摹本上新，您要不要再瞧一瞧？”

缪岑元心中有不好预感，戏折子？

“驸马，您请屈尊移步。”

“不可！”躲于轿内的仙岁然终是憋不住了，生怕陈年旧事被翻出来，若是让缪岑元知晓了，她这娇脸往哪儿搁哪！

仙岁然慌忙下了马车，愤愤地盯着眼前憨傻的壮年男子，这厮嘴如此不严，亏得她那些封口银子了，可心疼死她了。

仙岁然昂首阔步上前，挡在缪岑元面前：“有何事与我说便可。”

壮年男子一见公主，急忙行礼吞吞吐吐，这事他与公主如何开口啊。

缪岑元见仙岁然如此阻挠，他心中猜出半分：“便在这儿说吧。”

“不可！”仙岁然急了，披帛愤愤一甩，“此事怎能在大庭广众之下议说呢？”

果然如此，缪岑元了然，令壮年男子与车夫退至十步之远。

头顶树上蝉鸣聒噪，扰得仙岁然心乱如麻。

“你若还不从实招来，我便去问他吧。”缪岑元故意唬她，她便上钩了。

缪岑元低头盯着她轻揪他衣袖揉捏的手：“说吧，究竟何事？”

“那你答应我，不许嫌我、厌我、骂我、笑我……”

“我答应你。”

得到他的承诺后，仙岁然这才吞吐道出原委，其实——

仙岁然扮作侍童与缪岑元居于云喜阁时，她曾想将他一举拿下，可苦于男女之事她一窍不通，遂在云喜阁小厨娘点拨下得知恭麻子所开隐蔽之铺。思来想去，仙岁然着侍童装扮来寻恭麻子以求得藏籍。

奈何恭麻子过于防备，以银子为诱也买不通，打死都说自己做的是典当小生意。

无可奈何之下，她才招出是为自家公子，也就是为陈国驸马爷所求，他才松了口。

本以为此事就此了了，未曾想到会有被当场逮住揭露的一天。

她可以对天发誓，她是买了戏折子，可还未来得及瞧上一眼……

买了藏籍没有物尽其用，银子白白花了才最叫人痛彻心扉！

她犹记得那日，她揣着闺房情趣的戏折子摹本欲偷摸回厢房，却被云喜阁那小厨娘半路拦下，并将她半拉半拖至后厨内。

小厨娘一双似洞察了一切的眼盯得她浑身不自在，她怎么也未料想到看似瘦弱且安静的小厨娘竟有如此奔放之举。

若不是她死死把着最后防线，怕是就被小厨娘发现她女扮男装的事了！

眼瞧她偷买并藏戏折子一事要被撞破，她只得佯装求饶，待小厨娘一松懈，她便以迅雷不及掩耳之势从怀中抽出典籍，一个风驰电掣冲至火灶旁，将典籍蓦地丢入熊熊火焰里。

她看着被烧毁的典籍，真是心疼她那白花花的银子哪！

仙岁然举手做出发誓状，一双眸亮晶晶的：“缪岑元，我发誓，我真没瞧。”

缪岑元不由得抬手轻敲着她的额头，幸好这颗脑袋未受荼毒。

偏偏恭麻子仍毫无眼力见儿地冲缪岑元挤眉弄眼：摹本上新，

老客折价。

嗬！仙岁然眼尾上挑，这恭麻子！她忍……她堂堂陈国公主怎能因私怨而滥杀无辜呢?

可被当场逮住，她羞愤得恨不得遁走!

这块是非地，还是先走为妙!

缪岑元由着仙岁然扯着他的衣袖上马车，路过恭麻子，他可是瞧见了她愤愤然的模样。

恭麻子一脸蒙地不敢言，他……做错何事了吗?

缪岑元抢了车夫之位，扬袖握鞭，示意车夫先行回宫。

仙岁然探出头欲瞧瞧何事，便被缪岑元轻推着脑袋推了回去，将轿帘理好："坐好。"

缪岑元看向恭麻子，从袖里掏出一锭金子给他："夫妻间的闺房情趣莫要四处张扬。"

恭麻子心领神会，揣着金子连连应好，他恭麻子嘴严着呢。

马车驾远，仙岁然心口仍堵着一口气，撩帘露脸："缪岑元，我要去找那恭麻子说理去！"

缪岑元忍俊不禁："论何理？"

"他答应我不与他人说的。"仙岁然一脸委屈地蜷在缪岑元身后，把玩着他披散后背的如瀑青丝。

“那日你扮作我的侍童，对吗？”

“嗯。”

“以我的名义入手了那典籍？”

“嗯。”

“那我便不是旁人，你既扮作我侍童，若不是我授意，你怎敢假借我的名号？他无错。”

“嗯。”缪岑元说得在理，恭麻子是没错。

缪岑元勒停马车，侧过身，盯得仙岁然浑身不自在地往后缩。

见她这仿若小鹿受惊的模样，他缓缓伸出手按住她的襦裙摆“答应我一件事。”

此情此景，他说什么她都答应啊。

“缪岑元，你说就说，你这……不得体啊！”仙岁然指了指他按住她裙摆的手，随后扯了扯，“松手。”

“假借我名号去买典籍时，怎不见你知不得体呢？”

“缪岑元！”仙岁然鼓着腮帮子，她生气了，给吃粽子糖都哄不好的那种。

“好了。”缪岑元见她奓毛，柔言轻语道，“我只想你再也别去那污秽之地。”

“下不为例！”

她就知道，她的缪岑元最好了！

03.

“梦醒往生，逢少年郎，来世可待，提灯相忘……”

黑夜尽头，一位窈窕少女手提一灯笼穿梭凡世人海中，寻寻觅觅，忽闻有人唤其名，缓缓转身……

仙岁然猛然惊醒，噩梦缠绕、惊悸不安。

“琉璃，琉璃！”仙岁然掀开绸被，赤脚落地，寻不着琉璃的身影。

今日她未守夜去哪儿了？

仙岁然手紧握着神东迟给她的新佛木符，梦魇多生，梦里似有往生记忆，定是孤魂散鬼暗中作祟。

殿外无一人守卫，月朗星稀，只见她一人倒映于地的孤寂影子。

亥时，万籁俱寂。

卧于床榻的缪岑元忽闻动静，一双炯炯的眼睛在黑暗中睁开，背后的软绸被一陷，惊得他利落翻身，借着窗棂外清冷月光依稀辨出仙岁然的脸。

掐着她脖子的手蓦地一松，他声音沙哑道：“然儿。”

仙岁然猛咳几声，她做贼似的从自个儿殿中潜至他的偏殿，谁知被他如此对待，下手之快、力道之狠，她以为她要入地府见阎王了呢。

缪岑元翻身落榻，点燃烛灯，殿内一片光亮。

仙岁然手抱一刺绣软枕：“缪岑元，我差点因你一命呜呼。”

缪岑元取下屏风上的外袍穿上，脸色凝重：“你怎么来了？”

虽说他们已有婚约，可她堂堂公主深夜孤身来此，若被人瞧见传了出去，有损她清誉。

仙岁然下巴轻搁在软枕上，一脸委屈：“缪岑元，这几日我夜卧梦魇，辗转反侧，我害怕得很。”

“琉璃呢？”

“我也不知琉璃丢下我去哪儿了？”仙岁然缩了缩脖子，“若不是妤嫱姐姐不在，我自不会来你殿中，别人若知道了，还以为我这公主饥渴难耐。”

话落，仙岁然才后知后觉地脸红，饥渴难耐……她究竟说的什么呀?

仙岁然偷瞄缪岑元，月黑风大，他应该……没听清她的话，没瞧见她火烧如红的脸吧?

缪岑元立于床榻前，抱臂居高临下地瞧着她：“胆儿是真大。”只身潜入他殿中，她真当他坐怀不乱？

“胆儿不小，但大不大便不知了。”仙岁然将软枕放好，作势要躺下，反正她铁了心今夜要留宿他这儿了。

缪岑元一眼就瞧穿了她的小心思，眼疾手快地扯住她的衣袖：“我送你回殿。”

“呀，缪岑元你别扯我衣袖，不得体！”仙岁然眼珠子骨碌一转，脱口而出，“和衣共枕眠而已！又不是典籍……”

仙岁然话语戛然而止，她……说错了……

明明与他约好再也不提这茬，怎的便忘了？壮胆害人不浅哪！

眼下她只求他莫气急了不由分说地撵她出殿，她可不想一人再待在清冷殿中了，着实令她背脊发凉。

缪岑元轻咳了一声，敛起微变脸色，话语依旧：“我送你回殿。”说着，缪岑元便伸手扯她怀中的软枕，哪知她铆足气力死活不肯撒手。

“缪岑元，你若是怕自己对我有非分之想，”仙岁然抽出一只手捞起他的软枕顺势塞进他的怀里，“那你便去屏风外睡，我则勉为其难借你床榻一用。”

如意算盘打得还真响。

缪岑元抓过她递来的软枕，眼尾轻挑：“你真要睡在这儿？”

仙岁然不敢抬头去瞧他的眼，头点得和捣蒜似的：“比真金白银还要真。”

见他仍杵在原地，仙岁然心里发慌，只得推拉着他：“你快出去歇息吧，我……我也要歇下了。”

仙岁然将青丝拨至一边，怀抱着软枕僵硬侧躺下：“快去歇吧，记得熄了烛灯，殿中有光亮我便睡不着。”

他真是拿她没办法。缪岑元夹着软枕一步三回头，瞧着她的背影轻叹了一口气，她真是撩汉的一把好手啊，今夜，他怕是无眠了。

月上树头，琉璃踩着月光轻推殿门而入，生怕吵醒了公主。

可绕过屏风往里瞧，床榻上空无一人。

琉璃当下便急了，轻喃：“公主。”

若不是瞧见了压在已灭烛台下的一封留信，她急得差点便大喊出声引来巡逻侍卫，将此事闹大。

公主今夜留宿驸马殿内，明日一早前去替她梳妆。

琉璃眸色一黯，今夜她未守夜，公主知道了……

内廷消息走得很快。

公主留宿驸马殿中一事传至王上与王后的耳朵里，王上震怒，以颜勾引他那不谙世事、单纯憨傻的宝贝公主，思及此，王上恨不能将缪岑元杖责一千押入大牢！不，这还不能解恨，他要命人剥了缪岑元的皮，浇上辣椒水再悬挂于城门暴晒！

倒是王后在一旁瞧着王上仙枝莨吹胡子瞪眼的模样乐哉，往日然儿还小时，常嚷着将她嫁出去，现如今然儿与缪岑元水到渠成倒一副舍不得的模样了。

她这王上啊，什么都好，偏偏是心口不一。

罢了罢了，她得好好盘算盘算她外孙的事儿了。

04.

仙枝翟与芮妤婳归期已至。

仙岁然一袭新制的衣裳守在宫门口，待行军队一来，她便瞧得见。

她与妤婳姐姐都大半个月未见了。上回妤婳姐姐与仙岁然说的她与王叔之间的事还未说完呢，仙岁然还想听。

“公主，你在这风口吹了两个时辰了，要不，咱们先回殿？若王爷与翁主进了宫廷，自有人禀报。”琉璃将披风披在仙岁然肩上，生怕她着了风寒。

虽说还未入秋，可早晚的风已有沁人凉意了。

“无妨，我就想等着妤婳姐姐。”仙岁然踮脚盼着，他们这一路因时而酷热时而风沙耽搁了不少时日。

眼看他们婚礼将在三日后举行，时间着实紧迫呀，虽说她与母上嫁礼备得足，可总怕有欠妥之处。

父上已为王叔晋爵封邸，府邸大婚所需准备妥当，只待一对璧人归来吉时成亲。

风起叶落，大队人马缓缓行进。

仙岁然脸上绽了笑容，上一回她等，等的是好婳姐姐一人探亲回来；这一回她等着，等来了王叔与好婳姐姐执手向她走来，好似省亲归来的一对佳偶。

仙岁然迎上前，心里羡煞了，嘴上仍是不退让一步："王叔，这一路你可让好婳姐姐吃了苦头，当心好婳姐姐悔了这婚。"

仙枝翟较了真，一脸担忧："小丫头别乱说，王叔喜事将近，你这嘴巴我得给你缝上。"

仙岁然缩了缩脖子，闹腾地躲到好婳姐姐身后："好婳姐姐，你瞧瞧我这王叔，半句玩笑话都开不得。"

芮好婳抿唇浅笑："看着你们这般打打闹闹，我恍惚还停在多年前。"

仙枝翟一听，蓦地紧握住好婳的手："这话说不得，我可不想回到多年前，那我待迎娶你还要多等好几年，我巴不得今日便八抬大轿迎你进府，做我仙枝翟的王妃。"

想不到她驰骋沙场与大老爷们共度日日夜夜的王叔竟也说得如此情话，手段高明呀。不过这甜如粽子糖的情话她听得心里发麻，找了个借口便先溜了。

与其看别人恩恩爱爱的好戏，倒不如去找自己的夫君恩爱一场。

仙岁然趴在偏殿做贼似的张望，琉璃弓着身子附在仙岁然耳畔：“公主，您在这儿偷瞧有半炷香了。”

仙岁然腰酸腿疼地盘地一坐，手轻捶着肩膀。

琉璃见状，挪过身替仙岁然捶腰揉肩：“公主，这大半个月，您夜夜宿在驸马这儿，难免……身子吃不消，要不要我去问太医替您讨个补身的法子？”

等等，这话怎么听得让人感觉这么别扭呢？

仙岁然回头瞧着脸红的琉璃，眯起眼：“琉璃，你这脑袋瓜里想的什么呢？我与缪岑元从未做过逾矩之事，”倏地举手，底气十足，“天地可鉴！”

“是是是。”琉璃手上的动作未曾停，“是琉璃唐突了。”

“嗯。”仙岁然闭眼享受，冷不丁一句，“我夜夜宿于缪岑元殿中，你可开心？”

琉璃抬眸，一脸认真：“公主宿于驸马殿内，又不许琉璃陪着，琉璃一人守着偌大公主殿，寂寞得很。”说着，手上忍不住加重了力道。

仙岁然疼得“嘶”了一声：“轻点儿，这是惩罚，谁让你一直不肯松口那夜你去了哪儿？”

琉璃动作一滞，眸中光彩忽暗，垂眼抿唇：“日后……琉璃会告诉你。”

仙岁然嗤了一声，想不到琉璃竟也对她有了秘密，琉璃不说，她自有她的猜测，琉璃定是去会自己的心上人了。

可她想个底朝天，也想不到那人是谁：“我会在你告诉我之前想到的！”

瞧着仙岁然信誓旦旦的背影，琉璃笑而不语。

公主，不是琉璃不与您说，只是不知如何启齿，怕这话脏了您的耳。

这一世，她别无所求，只求赎了她的罪过，永远陪在公主的身边，足矣。

05.

王叔与妤婳姐姐的成亲之礼终是没有举行。

成婚前一日，边塞战事一触即发，仙枝翟奉命领兵连夜奔赴边塞指挥战斗。

他这一生，好似注定要过戎马生涯。

一身冰冷甲胄衬得他身姿挺拔，驰骋沙场、立业为民是他自小志向。

“妤婳。”仙枝翟一双眼直直盯着眼前潸然之人，他心中似被狠狠剜了一刀，“我……”

“我等你。”芮妤婳抬眸，迎上他的目光。

她与他自小相识，相伴相知相恋多年，她知他心，亦懂他意：“待你班师得胜归来，便是我与你成亲之日。”

“妤婳，”仙枝翟声音干哑，“此生有你，死而无憾。”

芮妤婳忽而捂住他的嘴：“不许说不吉利的话。”

仙枝翟含情脉脉地望着她点头。

芮妤婳提裙走至剑架前，双手执于剑刃高于头顶，缓缓转身朝仙枝翟走来，这一次，她仍亲自送他出征。

剑身两面满饰卷云纹错金纹饰，仙枝翟手握圆形剑柄，利落入鞘。

她的少年郎英姿勃发，与她梦中所念之人无异。

下属于殿外禀报：厉兵秣马，以待出征。

“妤婳，我……出发了。”

“枝翟。”芮妤婳紧紧扼住他的手腕，不知为何，她的心跳得比往日送他出征更为厉害，仿佛自此别过，便无再见之日。

芮妤婳将一方月白色刺绣手绢摊开，里面是他们的生辰八字与她的一绺青丝："我将这个予你，来日你娶我以此为礼。"

"好。"仙枝翟紧握着丝绢，他一定凯旋迎娶他的唯一心尖人。

芮妤婳扬起笑容，轻踮起脚，柔软唇瓣轻贴于他的脸颊，犹如乞巧节那日，他弯腰轻吻在她戴的面具之上。

鼓声震鸣，千军万马浩浩荡荡出了城门。

芮妤婳高站在城楼门上，目光掠过千万身影循着他的痕迹追随。

"妤婳姐姐，"仙岁然轻握住她的手，"我这王叔有你牵挂深爱，定不负百姓之盼定能凯旋。"

"我信他。"芮妤婳手紧紧攥着丝帕，敛回目光，"然儿，陪我去找神东迟。"

她心中不安，有一事相问。

阴阳寮内，神东迟摆弄六壬式盘，天盘斗柄指于天罡，次列十二神将、中列二十八宿，地盘上列八千、十二辰、二十八宿。

四隅列天门地户、人门鬼门。

帐帘无风而起，烛台蓝色火焰燃晃，银箱冲盖而揭。

仙岁然心中一惊，自上回神仙这阴阳寮走水后，她心里便留下一道阴影，在这阴阳寮如坐针毡，仿佛眼睛有灼伤之感。

神东迟手按住天盘斗柄，面色凝重。

心细如芮妤婳，神东迟细微的神情都逃不过她的眼，见他缄默，芮妤婳找了个由头支走仙岁然，为的就是怕神东迟碍于然儿在此，有所隐瞒。

“神东迟，且说无妨。”芮妤婳拧着柳叶眉，手紧攥着丝帕。

“黄沙残叶，血染白绢，红装如梦，亦是来世。”

芮妤婳身子一软，黄沙、白绢、如梦、来世……

“枝翟，”芮妤婳轻喃道，忽而敛了热泪，求问神东迟，“可有破解之法？”

神东迟不语，起身去寻了一件物什，将其递给芮妤婳：“此物便是破解之法。”

芮妤婳敛眸盯着手心里的一颗种子，便闻神东迟开口：“此乃曼珠沙华。”

曼珠沙华？芮妤婳眼中含泪，红唇轻启，花开不见叶，叶在不见花，花叶两不见。

她与枝翟，此生……注定成遗憾。

“妤婳姐姐！”仙岁然慌张闯入殿，脚下一崴，若不是神东迟眼疾手快扶了她一把，她怕是直直扑在这青石阶上。

她途经议事殿，无意间听到异国起兵造反，她便急匆匆折了回来。

芮妤婳攥紧曼珠沙华的种子，蓦地起身：“造反？怎会如此？”

她与枝翟从异国回来不过三两日，并无发现有何异常，为何边塞辽国起兵之后，她的母族也参与其中，难道他们暗中早已有勾当？

“妤婳姐姐，”仙岁然瞧着眼眶泛红的芮妤婳，心疼地扶着她，“定是情报有误，妤婳姐姐的母族与陈国交好数年，怎会如此？”

“我要去找王上。”她要去问个清楚，她与枝翟有婚约在身，她的母族不会如此待她。

“妤婳姐姐。”仙岁然以身相拦，却不料芮妤婳忽而吐出一口鲜血，浸染仙岁然襦裙对襟，身子疲软瘫向仙岁然怀里。

“妤婳姐姐！”仙岁然气力不足，揽着芮妤婳的肩蓦地跪倒在地，“妤婳姐姐，你别吓然儿！”

芮妤婳手紧握着花种，抬眸瞧着轻扬的帐帘，似是看见了战场上浸满了血红的旗帜，眼角淌出一滴泪，落地便成了花。

曼珠沙华……黄泉路上开的花……

第七章

◆

- 不管他人如何，
他在意的唯有她。

01.

异国誓随辽国起兵造反，辽国乃羌国附属小国，若无羌国授意，区区一辽国怎敢与陈国对抗。

异国世子所娶世子妃便出身于羌国王室，看来此次起兵之事早有阴谋。

“异国国君定是听信奸人挑唆，离间我们陈国与异国的情分。”仙岁然蓦然闯殿，她为妤婳姐姐鸣不平，异国之错为何要妤婳姐姐来承担?

“父上，”仙岁然扑通下跪，琉璃紧随其后下跪，“异国起兵一事与妤婳姐姐无关哪。”

“我知道。”仙枝莨叹了一口气，他怎不知妤婳那孩子的性子，只是她母族之人既已起兵，他身为一国之君若顾念情分无所作为，如何堵百官悠悠众口、安百姓之心。

“那父上为何要将妤婳姐姐禁足在殿？”

王后听得心如刀绞，他们早已将妤婳当作自个女儿般，她自是知道王上为难，此举也是缓兵之计：“然儿，你父上自有分寸。”

“母上。”

王后伸手轻抚过仙岁然的青丝：“然儿，此事你父上自有定夺。”

“可是……”

“此时你应陪着妤婳，她心里定是难过得紧。”

仙岁然望了望仙枝莨的背影，敛起泪光：“母上说得是。”

妤婳姐姐因知晓此事气急攻心，太医说此事重伤了妤婳姐姐身子，需好好静养方可恢复。

芮妤婳缓缓睁开眼，便见澜翠泪眼婆娑地跪在床榻前。

“澜翠。”芮妤婳声音沙哑，连坐起身子的气力都没有，澜翠适时起身扶着芮妤婳半坐倚在软枕上。

“快，派人去异国，我要问个清楚。”她不信，她不信她的母族会如此，她与枝翟有婚约在身，怎会起兵陈国？

“翁主，您身子要紧。”澜翠早已泣不成声，先前还鲜活的一个人怎须臾便身虚如此，“翁主，澜翠求您了，太医说您气急攻心，万不可再动怒。”

“澜翠，”芮妤婳尖着嗓子，“去，派人去异国！”

她不信，不信！

“此事木已成舟。”神东迟叠手踏入殿中，望着斜卧于床榻之上面无血色的芮妤婳，“异国与辽国联手起兵造反已成定局，而这幕后推手便是羌国，你胞兄世子妃的母族。”

“不，不会！”芮妤婳心如窒息般，她的母族不会如此待她，不会如此待枝翟，更不会断了与陈国多年交好的情分。

“异国既有此番之举，定是准备已久，它与辽国兵分两路令陈国陷入恐慌，分散陈国兵力，意图攻陷陈国扩充自己的领土。”

“原来我……成了我母族给予陈国两国交好假象的一颗棋子。”芮妤婳眼含热泪，此番她与枝翟共赴异国，本以为成就一桩美好姻缘，怎知……

她曾怨过，她的父王与母后为何偏信巫师之言，狠心将她孤身一人送至陈国。好在，她遇上了然儿与枝翟，他们是比她生命还重要的人。

她以为，她能嫁作枝翟为妻，已是几世修来的福气，可最终……不过是黄粱一梦罢了。

芮好婳忽而想起曼珠沙华的种子，澜翠急忙将花种拿来给翁主，翁主昏迷时仍将这颗种子攥得很紧，她不敢乱藏。

“花叶永不见。”芮好婳盯着曼珠沙华的种子喃喃，抬眸望着神东迟，“你说此物便是破解之法，当真？”

神东迟点头。

芮好婳撑着虚弱的身子起身：“我要回异国面见父王与母后。”

澜翠心疼翁主：“翁主，您现在哪能经得起这番折腾哪。”

“我要回去，求父王收回成命，莫走糊涂路！”

“你当真要回去？”神东迟自是知晓劝不住她，也没想劝她，她既要回去，那便遂了她的心，若回去能扭转乾坤自是最好，若不能也无妨。

“是。”她已下定了决心回异国请奏父王与母后撤兵，替王上仙枝莨与王后喆苏分忧，为天下百姓求得安定庇佑之所。

“我有法子。”

芮好婳定定地盯着神东迟，无论何种法子，她愿一试。

式神以其穿身而过之人的恐惧与担忧为引子，释放元气供以身为引之人，助其身子痊愈。

只是这术法有一弊，为得其元气，需勾起往生记忆供式神吸食。

被蓝色火焰包围的往生记忆一幕幕映于神东迟眼眸中，忽而见到一抹熟悉的身影。

神东迟情不自禁轻喃：“然儿。”

为何然儿会出现在芮妤婳的往生记忆中，莫非她们前世便有纠葛？

芮妤婳因受不住往生记忆的冲破封印之茧而双腿一软趴伏在地，那些往事恍如昨日，她与然儿上一世……便见过面……

上一世，然儿之死，她虽未曾害然儿，却被人利用成了害然儿的推手……

神东迟也未曾料到芮妤婳与然儿上一世竟有这般渊源……难道是天意？他若以此事相挟她为他挽住然儿……

那然儿是不是就会留在他身边了？

02.

仙岁然提裙步伐匆忙，她与琉璃出了殿便去太医院为妤婳姐姐熬了一碗良药。刚迈入妤婳姐姐的殿中，仙岁然便急急开口：“妤婳姐姐，你喝了这药，身子定好得快。”

可入殿，却无一人。

仙岁然心里涌出不祥之感，绕着整间殿寻妤婳姐姐的身影：“妤婳姐姐，妤婳姐姐！

“……澜翠，澜翠！”

无论唤谁，殿内都无人回应。

“人呢？”仙岁然紧捏着襦裙绕殿寻了三圈才死心。

殿外急急忙忙冲进一婢女，一见到仙岁然身子便发抖个不停，一句话都说不利索，手颤颤巍巍地从袖中掏出一封信。

是妤婳姐姐写给仙岁然的信。

信中所言，恳切诛心，可她不懂。

她答应王叔，要好好照顾妤婳姐姐，可如今，却将妤婳姐姐弄丢了。

“琉璃，快！派人追回妤婳姐姐！”仙岁然捏皱手中的信，妤婳姐姐身子未愈，定走不远。

琉璃领命，急忙转身却不料撞上了迎面而来的神东迟。

仙岁然一见神东迟，攥着信上前扯住神东迟的衣袖便要出殿：“神仙，你来得正好，妤婳姐姐信中说她要回异国，为陈国分忧，也为她的母族赎罪……”

“然儿。”神东迟蓦地扼住她的手腕，眸色敛紧。

“神仙，”仙岁然步子一顿，忽觉不对劲，“神仙，你……是不是早知道了？”

见神东迟不否认，仙岁然眼泪在眼眶里打转：“那你……你怎么没拦着她？她孤身一人来陈国，现在她为陈国又孤身一人回异国，她身子未愈，怎能经得住舟车劳顿？”

“然儿，你无须担忧，她的病已经好了。”

仙岁然满心疑虑，松开他的衣袖，似猜到了：“用你的术咒？”

“是。”他不想欺瞒她。可他也没有吐露实情，术咒虽能医好她的身子，但也会慢慢拖垮她的身子。

仙岁然用衣袖拭去眼泪：“便是妤婳姐姐身子已好，我也不会让她回去，异国此举，已成定局，若他们真当妤婳姐姐为翁主，又怎会忍心害陈国，伤了妤婳姐姐的心。”

“王叔出征前，我既答应替王叔照顾好妤婳姐姐，我便要守诺。”仙岁然盯着一言不发的神东迟，吩咐琉璃备马，她要出宫接回妤婳姐姐。

“她决意回去。”神东迟拦在仙岁然面前。

“那我便决意寻她回来。”仙岁然迎上他的目光，擦过他肩。

风起，扬起他的狩衣。

神东迟怔在原地，眼睑低垂，他人是苟活还是赴死都与他无关，他在意的唯有她。

他命里本该黑暗，是她点燃了他心里的一盏烛火，他亦能活。

芮妤婳决意回母族前，他曾告诉她，只有他才能守住然儿。若她帮他夺回然儿，他便对她们上一世的事绝口不提。

她却反问他，你是心悦然儿，还是想赢得缪岑元……

他心里有她，从不是为了胜负与占有，他与她相伴多年，情根深种，自此不悔。

03.

修葺完善的王府，挂灯结彩。

喜布轻扬惹人心伤，风吹得芮妤婳眼眶泛红。

“翁主,”澜翠愁容道,“您在这儿瞧了半个时辰了,若您不想走,不如我们回……”

“启程吧。”芮妤婳坐回马轿里，她已决意回母族。

见自家翁主如此坚持，澜翠噤声低头，起调：“启……”

澜翠话音未落，便闻马蹄声匆至，仙岁然勒缰绳下马，一只珠绣鞋掉了都不在意。

“妤婳姐姐！”

芮妤婳一惊，撩帘便见皱眉的仙岁然，匆匆下了马轿：“然儿，你怎么来了？”

仙岁然蓦地牵住芮妤婳的手，生怕她逃了似的：“妤婳姐姐，我不许你走。”

“然儿，”芮妤婳声音轻颤，挣了挣手却挣不开，“我心意已决。”

“妤婳姐姐，”仙岁然红了鼻头，“定会有法子的，待王叔得胜而归，平了辽国一事，姐姐母族定会想明白，自然会退兵。”

芮妤婳另一只手轻覆上她的手：“然儿，辽国不过是一附属国，若无人在背后谋划，辽国怎敢做出头鸟与陈国抗衡？此番我母族与羌国联手便是要对抗陈国。”

“我虽生于异国，可我长于陈国，亦要嫁于枝翟为妻，”芮妤婳轻抚过仙岁然脸上的泪痕，“生为陈国之人，死为陈国之鬼。”

“妤婳姐姐。”

“他投身边塞出战，我身为他妻，怎可置身事外？我乃是堂堂铁骑将军之妻哪。”

“可我不放心你一人去，”仙岁然下定决心似的，“我陪你同去。”

“不可！”芮妤婳厉声拒绝，此去凶险未卜，她怎能让然儿同去。

若她母族已铁了心与陈国交恶，断不会放弃挟陈国公主与陈国谈判，果真如此，那她罪过如何抵?

“你定得留下，然儿，”芮妤婳望着她，“你要为我与枝翟传递书信。”

“妤婳姐姐，你……你的意思是……”妤婳姐姐不想让王叔知晓此番境地她只身回母族……

“然儿，你若此时告知你王叔我决意回母族，他定分心。这场仗，他必须赢。”

仙岁然心里挣扎片刻，咬着牙：“好，我明白了。妤婳姐姐，我不会告诉王叔。”

“嗯。”芮妤婳反握住仙岁然的手，为了平定因战事而不安的陈国子民的心，也为一解王上与王后的忧。

她回异国，且还有一丝凭一己之力劝母族退兵、平息战火、恢复安定的机会。

“然儿……”芮妤婳哽咽，上一世的记忆她都想起来了，上一世的牵绊恩怨，这一世，她怕是无缘来报。这一世，她无念无求，只愿与她爱的人永不分离，前尘往事随风就散了吧。

芮妤婳轻拥住仙岁然：“然儿。”

这一世再遇她，已是莫大缘分。

琉璃手捧着珠绣鞋上前，顺着仙岁然的目光看去：“公主，妤婳翁主的马轿已经驶远了。”

“琉璃，你说，妤婳姐姐……”

琉璃如仙岁然肚里的蛔虫，接过话头，宽慰道：“公主，您莫担忧，以妤婳翁主的聪慧才智定能劝异国退兵，平安归来。”

“那便是我心中所想了。”仙岁然悠悠转身，望着装扮喜庆的王府却未迎入新人，心中不由得一番感慨，“琉璃，你让人好生打理着王府，待此事一平，便是王叔与妤婳姐姐的大喜之日。”

话落，悬于王府正门上方的一只红灯笼倏忽一坠，在地上砸出了一记声响，引得仙岁然驻足回眸。

仙岁然从袖里掏出妤婳姐姐的信，紧攥手心，摇头驱散心中不祥预感：“琉璃，让人重新挂上一只新的红灯笼，喜气不可断。”

路途迢迢，孤身一人前来，只身一人回去。

然儿，此生遇你与枝翟，已是我命里最大福分。

澜翠望着一路上一语不发的翁主，心里着实难受：“翁主，您若是不舍，我们亦可回陈国，两国交战，与我等有何……”

芮妤婳微倚着轿壁，眼神放空：“如今局势有变，若城中百姓知我仍在陈国，恐让王上与王后为难，我母族犯下的错，我身为母族之亲，有责任担着。”

“翁主。”

“澜翠，回去后，你替我寻一花器。”芮妤婳手攥着曼珠沙华的种子，红了眼。

若是应了神东迟所说，她与枝翟，此番一别，山高路远，怕是生死两茫茫。

04.

芮妤婳回异国已有几日，仍无消息。

仙枝翟率兵前往边塞，首战告捷的报信之后再无音讯。

奉王上之命深入羌国探听消息的缪岑元一回来便去了仙岁然的殿内，迎面撞上端粥盅的琉璃。

“驸马爷。”琉璃扶正粥盅行礼。

缪岑元盯着粥盅半晌，抬眸望着屏风内的那抹身影皱眉。

“驸马爷，您……劝劝公主……”琉璃欲言又止，“……这样下去，身子会垮的。”

缪岑元接过粥盅，轻步踏入寝殿，倚于床榻之人闻声瞧来，黯淡的眸里忽染上一丝光亮：“缪岑元？”

缪岑元轻按住仙岁然的肩膀，将要起身的她轻压回榻头，他也顺势坐于床榻边，望着她毫无血色的脸，眼里止不住地心疼。

手轻碰上她的冰肌，些许时日未见，她便消瘦了许多。

芮妤婳的事，他已有所耳闻，芮妤婳此举，是为陈国也为她的母族。

“你何时回来的？怎没让人通禀我？”仙岁然抿了抿干裂的嘴唇，她忧心忧虑，都未曾好好梳过妆，这副容颜怎堪入他眼？

“若让人通禀了你，我又怎能看见你为此憔悴消瘦的模样？”缪岑元扬袖，端着粥盅靠近。

仙岁然不禁缩了缩脖子，瞧他一副要亲自喂她喝粥的严肃样儿，她受宠若惊，可受不起他的屈尊伺候。

缪岑元一眼就看穿了她要耍赖钻绸被的把戏，眼疾手快地握住她细细的手腕，眼里含笑：“你若是不喝，那我便走了。”

一听他要走，她心里更闷了，僵着身子嗫嚅道：“我喝便是了。”

仙岁然轻揪住他的长袍衫角，凑过脑袋，俨然一副嗷嗷待哺的小鸟模样。

一见她，他满身的疲乏蓦地驱散了。

缪岑元唇畔微翘，将汤匙重新搁入碗里：“自己喝。”

“缪岑元。”仙岁然握拳娇嗔。

“好，我喂你便是，”缪岑元低眸一笑，熟稔地舀起一汤匙糯粥，“来。”

仙岁然乖巧倾过身，一口糯粥下肚，胃温暖、舒适。

“有点凉了。”喝了几口有了饱腹感，仙岁然皱眉挑剔。

“方才你还不愿喝。”

仙岁然舔舔唇畔残留的香甜，揉了揉圆鼓鼓的肚皮，阴霾一扫而空，倏地扑进缪岑元的怀里，动作之猛差点撞翻了还剩半盅的粥。

缪岑元脸轻蹭了蹭她的青丝，手有分寸地轻拍了拍她的肩头。

半晌，怀里的人轻颤，几不可闻的抽泣让他的心被针猛扎了似的。

他知道她心中担忧芮妤婳的安危却无计可施的无力感。

“我会派人去打探芮妤婳的消息。”

怀中抽泣一止，仙岁然抬眸。

缪岑元温柔拭去她脸上残留的泪痕，她反问道：“当真？”

“当真。”缪岑元佯装板起脸，“但你要答应我，不能亏了自己的身子。”

“嗯，我答应你！”仙岁然蓦然抓起缪岑元的手，笑得瞳仁亮晶晶的。

“缪岑元，你最好了！”

缪岑元佯装着躲避，脸上却藏不住笑意，任由她亲昵地拽着他的衣袖，一声又一声唤着他的名。

他在她身边，她便觉心安。

05.

神东迟冷若冰霜地踏入阴阳寮，眸色一敛，有人?

神东迟利落地从腰间当带里抽出蝙蝠扇蓄势待发，眸间闪着精光，手轻挑开挡视线的帐帘，闯者诛之。

一袭黑色狩衣立于高筑烛台前，来人蓦地一拂狩衣衣袖，十二排烛火尽灭，掌中燃起黑红血焰火如离弦之箭朝神东迟涌来，裹住他手握蝙蝠扇的右胳膊，熊熊火焰似要将他吞噬，他却面不改色。

立于烛台前的人容颜矍铄、目光炯炯，冷漠地一敛衣袖收起火焰。

神东迟闷叹一声，趔趄向前，迅速收起蝙蝠扇，恭敬行拜礼："师父。"

安令奇明面色稍有缓和，一步一级木阶，走至他面前，手作势轻扶起他："精进阴阳道是需日积月累的，不能一蹴而就。"

"弟子谨遵师父教诲。"神东迟扬手请师父上座，"师父，你回陈国怎不提前告知弟子，弟子也好为你接风洗尘。"

"虚把式就免了吧，"安令奇明顿下步子，问道，"你不在阴阳寮，去了何处？"

神东迟身子怔了怔，摇散脑海中缪岑元与然儿的情意绵绵，淡淡道：“去观白日天象。”

“哦？”安令奇明入宫自高台观象寮经过，却未见到他的身影。

罢了，神东迟不说他也明白，定是去瞧那位自降生便命里犯冲的公主了。

他的这位关门弟子精修阴阳道，天文、气象、占卜之法皆是上乘，唯有儿女情长是神东迟唯一弱点。

更不该爱上，仙岁然。

神东迟跪于圆垫上，为安令奇明沏茶。

安令奇明轻握瓷杯，嗅到茶叶馥香，眸中精光一闪而逝，薄唇微启：“我接到线报，乞巧节那日星象有异，似有魂魄入身之人，还招来了万恶的拾魄者？”

安令奇明冷冷盯着神东迟，硬是要揪出他一丝一毫的反常：“此番回来，我便是要为王上分忧，万不可让坏了人间秩序的鬼魂动摇陈国之根本。”

神东迟不语，陷入沉思，师父定是猜到此人为然儿才会这般说辞。

为师父提供线报之人定是整日埋首，才得以瞧见那日拾魄者是因然儿才被引来此地。

若师父察觉出异样，势必会查出然儿前生一事。

神东迟垂眸：“不过是几缕散魂为逃拾魄者追捕，逃入凡间乞巧市集凑个热闹罢了。”

见他不惜损了师徒情分如此袒护仙岁然，他心中了然。

他的弟子刀枪可入，只因断不了情弃不了爱。

第八章

◆

- 今生，遇你，不悔；负你，追悔。

01.

陈辽边塞之战，辽国输局已定。

见势，羌国与异国派兵增援，奈何仙枝翟领兵鼓增士气，逼得辽、羌、异三国节节败退。

芮妤婳自回异国后便被囚居于殿室，她谏书呈国之斗利弊，却被父王驳回，骂她大逆不道、忤逆天命。

澜翠手捧被射杀而亡的信鸽缓缓入殿室，带着哭腔：“翁主。”

芮妤婳浇水的手一顿，眼直勾勾地盯着埋于土壤仍未冒尖的曼珠沙华：“将它好生葬了。”

“翁主……那信……”回异国数月，一封信都未送出，哪怕她们想了无数法子，总被识破。如今她们与外界全然断了联系，犹如笼中被困之鸟。

“罢了吧，”芮妤婳悠悠转身，轻咳了一声，“既然他们有心如此，我们便遂了他们的心意。”

澜翠眼泛晶莹泪光：“翁主。”

“我这翁主自小便当得窝囊，被咒以不祥寄人篱下，母族之人唾之避之，本想尽一己绵力劝父王退兵，莫听野心勃勃的羌国挑唆……”

“妤婳，你怎敢在背后议论国事？”殿室外传来一记带着怒意的呵责。

芮妤婳低笑了一声，她的母后人前尽显一国贤母风范，殊不知人后只是狠毒又重名利的深宫妇人罢了。

“母后，不知您踏入我的殿室有何事所求？”芮妤婳面无喜色向大妃娘娘行礼，“是妤婳胞兄携正妃赴宫宴，妤婳需兢兢作陪以表王室和气融融？”

她真是瞧够了芮妤婳这副冷面冰霜的样子，果真如巫师所言，芮妤婳命里不祥，真不知殿下留一不祥之人在宫中，是何打算？

此番回来，瞧着她这病恹恹的就让人不痛快，可别坏了世子的命数才好。

大妃娘娘心里憋着气，见到澜翠护着被藏身后的信鸽更咽不下一口气，她怎么就生下了一个视陈国为母族、欲将异国推入无底深渊的不孝女呢?

大妃娘娘气急，提裙上前猛踹了澜翠一脚解气，这一脚可不轻，澜翠被踹倒在地，猛咳了一口血。

芮妤婳见此，心急上前护在澜翠身前，眼眶泛红：“母后！”

“你自己都管不好，如何管教你的婢女，”大妃娘娘冷眉相对，“将这贱婢拖出去，施以杖刑。”

“你们谁敢！”芮妤婳嘶吼出声，怒视一圈听令要上前的侍随，“母后，我的婢女不劳你费心，你若是想要这信鸽，便拿去。我的人谁也不许动。”

大妃娘娘被气得脸色煞白：“这死鸽就不配脏了我的手。”顿了顿，不怒反笑，“妤婳，你以为你所仰赖的陈国将军仙枝翟战无不胜吗？”

听到仙枝翟之名，芮妤婳心中一紧，可面上仍强装镇定：“母后，交战数月，民不聊生，胜的一方是民之所向。”

“你……”大妃娘娘扬在半空中的手一顿，终是忍耐了下来，“尔等好好看着翁主，大婚前不得有差池。”

芮妤婳蓦地一惊，大婚？与陈国一触即发的局势万不是……

“你与羌国二王爷的婚期已定，大婚前好生养着你的这副身子骨，二王爷不畏巫师所言为两国而迎娶你为正妃……”

“我与枝翟有婚约在身……”

“人死了，婚约便不作数了。”大妃娘娘蓦地打断她的话语。

芮妤婳心抽得一疼：“母后，你怎能诅咒妤婳之夫？”

“妤婳呀，”大妃娘娘忽扮慈母，“母后怎能见你未过门便守寡呢？定要为你好好择一门好亲事，你是异国的翁主，自当为异国献力……”

“母后！”芮妤婳跌撞起身。

大妃娘娘猛然一退，脱口而出：“不是母后诅咒仙枝翟，是他命不久矣！”

芮妤婳脚下一软，澜翠忍痛去扶：“翁主。”

他命不久矣……命不久矣……

大妃娘娘的话盘旋在芮妤婳的脑海中，犹如钝器狠敲着她的脑袋。

夜深人静，芮妤婳形如枯槁窝在墙角之中，澜翠心疼至极。

她如何也想不到，他入异国只为求娶她却遭她母族之人下毒暗算，是她……害了他。

“澜翠，”芮妤婳拭去眼角的泪，她要救他，她一定要救他，“替我将木匣里的金银首饰都拿出来。”

“翁主。”澜翠不知翁主何意，可只要翁主吩咐，她便听从。

她一定要拿到解药，若钱财无法撬开他们的口，她便堵上她的命。

他活，她亦活；他死，她亦死。

02.

羌国与异国声东击西，将仙枝翟困于边塞，欲夜袭陈国军营。

缪岑元领命驱往陈国驻扎营帐，却迎上缪岑景，两人相见分外眼红。

“大哥怎在此？”缪岑元冷冷开口。

缪岑景拂了拂衣袖，在篝火旁箕踞而坐：“国家有难，男儿自当报效。”

火星子随风蹿起，缪岑景忽而将剑抓起扔给缪岑元：“今日我们便来过过招。”

缪岑景丝毫不给他反应的机会，拔剑出鞘，拂袖间剑影一掠，惊得黑林鸟飞起，脚下生风，倏地倾过。

缪岑元沉着镇定躲过缪岑景的攻击，转身举起剑鞘一发力击掉缪岑景手中的剑，剑鞘以迅雷不及掩耳之势直抵缪岑景的脖颈上。

缪岑景咬着牙大赞缪岑元剑术，儿时他的剑术便出类拔萃，与成年之人相比也毫不逊色。

缪岑元身负缪家嫡子之名，事事做得极好博得父亲欢心，更与陈国公主自小便有婚约，缪府家丁心中了然，谁会是缪府来日当家主人。

他呢，不过身担缪家长子虚名，家丁背后议论他终是二房之子，他心不甘。若被缪岑元承袭了缪家，他与缪岑元隔阂已深，又如何有容身之地。

缪岑元忽而拔剑出鞘，直逼缪岑景的脖颈却又调转剑刃："剑刃对外，剑鞘敛内。"

缪岑景抿唇涩笑："这可是杀我的好时机。"

"若真如此算，你可错过了许多杀我的好时机。"缪岑元将剑刃直接插入土里。

他们兄弟二人积怨颇深，缪岑景虽五次三番刺杀他却有心避开了毙命之处，终究是顾念手足之情。

刺杀他却从未有过辩解，唯独那回无意射伤了仙岁然，缪岑景惶恐此事闹大而入宫了解此事，以缪岑景之性子，哪怕闹大了也无妨，可见上回授意暗杀他之人非缪岑景。

让缪岑景如此费心耗神之人定是他心中猜测之人，缪岑景之母申冼眉。

缪岑景弯腰拾起利剑，轻抚过锋利剑刃，国战当头，私人恩怨皆可勾销，一身武力自当为国而献。

“我们之间的账待战胜后再算，”缪岑景眼里忽染寒意，闻林中祟动，“谁？”

话落，他举剑飞向林中某处，幸而缪岑元眼疾手快截落半空利剑。

缪岑景不明就里，敌人在暗，他们在明，缪岑元此意何为？

只见黑林深处小心翼翼走出一抹身影，借着清冷月光与炙热篝火定睛细瞧，一袭兵士盔甲裹身、手执一柄长矛的娇弱士兵竟是公主仙岁然！

缪岑景谨遵礼数欲向仙岁然行礼，却被仙岁然及时制止，交战之际，礼数当免。

虽说她心中不喜缪岑元这大哥，可陈国有难，他挺身而出的魄力让她不禁心生一丝敬佩。

缪岑元眯着眼抬手拽下她脑袋上的盔帽，诘问道：“你怎么来了？”上下打量起她的装扮，一眼就瞧出她有备而来。

“我担心你。”话落，仙岁然偷瞄了一眼身后将剑刃收入剑鞘的缪岑景，见到他后，她更担心了，生怕缪岑景伤了缪岑元半分。

“我派人送你回去。”此地不宜久留，恐羌国与异国来犯，刀剑无眼，他生怕伤着了她。

仙岁然与缪岑元僵持：“我不回去。”

“仙岁然。”缪岑元低呵她一声，她从未见过他如此盛怒的神情，明知他是因担心她而如此，可心中仍颤了颤。

“缪岑元，你别赶我回去。”仙岁然轻扯他的袖子。

此番交战数月，各方僵持不下。王叔心系妤嫿姐姐却仍以国为上，在战场厮杀退敌。

父上唯恐王叔因异国涉入其中而心软，遂快马加鞭书信一封，希望他以家国为重、百姓为重，下令王叔万不可因与芮妤嫿情分而忘了他身担陈国铁骑将军一职。

她替王叔与妤嫿姐姐心疼，本是好好一桩良缘却因异国那昏庸殿下一号令全毁了。

缪岑元心软地替窝在篝火旁取暖的仙岁然披上披风，入秋夜冷，生怕她着了凉：“形势多变，战火一触即发，这里亦不平安。”

“缪岑元，这一战，无论谁输谁赢都是两败俱伤，”仙岁然埋首，“此战一起便断了陈国与异国多年相依情分，若不是这一战，王叔早已与妤嫿姐姐比翼双飞，他们情投意合，如今却遥遥相隔。”

缪岑元知道她心地善良，也知她心系芮妤婳，不愿看到烽火血战、生灵涂炭，可战争伊始便无回头路了。

03.

神东迟夜炼式神，忽觉眉心一动，眉心血与牵系之人牵绊颇深，莫不是然儿有难？

神东迟坐立难安，遂动身去寻仙岁然，却被安令奇明拦住了去路。

“师父，”神东迟敛了敛乱了的心神，顾礼数向其行礼，“不知师父夜访阴阳寮有何事？”

安令奇明不语，踏入阴阳寮环顾四壁，蓦地甩袖飞出几枚银针直冲他的眉心，神东迟眸里满是银针的倒影，回过神轻易避开银针。

以银针试刺眉心血，看来师父是知道了……

神东迟先行下跪请罪，以求得师父谅解：“师父，弟子之过。”

“你当真以你眉心血为引养了一缕犯了地宫禁忌重生的魂魄？”安令奇明恨铁不成钢愤愤一甩袖，他怎就教出了这么一个为情舍道的弟子？他真是有愧于阴阳宗先！

此番回来，线报所言令他心存疑虑，觐见了公主仙岁然，他便一切了然，她身上所藏的佛木符暗收神东迟历练阴阳师之道的珍贵眉心血，以血护魂，那是犯了阴阳师之大忌！

这缕魂魄投胎重生为陈国公主，幻化为人身这才迷惑了他的眼，当日他竟没瞧出那个女娃娃是缕鬼魂，让她苟活至此。

“师父，”一切后果他会担着，只求仙岁然一生平安喜乐，“她已重生，未到大限谁也拿不走她的魂魄，还请师父莫要迁怒旁人。”

安令奇明怒极，劈手掀翻了他的立乌帽子：“你以血护之，养得了一时，护不了她一世！”

他身为陈国上任阴阳寮之师，绝不许祸乱陈国魂常一事发生，哪怕那鬼魂现身为陈国公主！

“师父，她已重生，不是鬼魂，且是逆势之人，若我们能得以逆势之人，一统阴阳道指日可待！”神东迟冷着眉，只要为了她，他何事都敢做。

“魂之投生，那也是苟且偷生鬼魂！断留不得。”

“师父，各路阴阳师亦对你的修道虎视眈眈，若我们得了陈国公主这位逆势之人，定助师父荣登阴阳师头把交椅，万不敢有人妄言。”

安令奇明犹豫了，紧凹着腮帮子，阴阳师头把交椅……

见安令奇明沉思，神东迟又添一把柴火：“若我与仙岁然成婚，师父便是一人之下万人之上，何乐而不为？”

权势，确实是好东西。能让人腰尽折之，哪怕是视权势为粪土的安令奇明也难逃为权势而折腰，沦为权势之囚。

04.

闷雷四起，篝火遇风而斜。

缪岑景握紧剑柄，闻声而动，今夜怕是个不眠夜。

缪岑元顺着缪岑景的目光望向黑林摇曳，心中顿然。

仙岁然不知为何感觉浑身疲软困倦，身子与魂魄似要脱离一般，为免缪岑元瞧出苗头为她担忧，她强撑着精神：“缪岑……”

话还未说完，缪岑元便捂住了她的嘴巴，附在她耳畔：“嘘，有人。”

仙岁然心中一紧，有人夜袭陈国军营？莫非是羌国与异国的人乘虚而入？

缪岑景全身防备，拔剑出鞘。

闻声出帐篷的陈国士兵蓄势待发，只待一记号令武装应战。

缪岑景轻步挪到缪岑元与仙岁然身侧，提出让他们先走，他断后。

“听我的，你带公主先撤。”缪岑景声音穿透有力，背影里透着股缪家长子该有的风范，为国献力乃是他身为陈国子民的责任。

缪岑元揽着仙岁然的肩头，他深知这是最好的决断，带着仙岁然亦不能冲破重围，若让敌人抓住了把柄更无法全身而退。

敌方挑了头，一声怒吼，不计其数的黑影从暗林中猛然蹿出，围战一触即发。

缪岑景一推愣在原地的缪岑元："走啊！"随之高举剑，亲自带领将士奋起迎战。

仙岁然心揪得紧，见双方刀光剑影、激烈厮杀，她恨不能冲上前献一己之力，奈何身子虚得厉害，魂魄犹如被抽身一般，蓦地倒入缪岑元怀里昏睡过去。

见此情景，他只得带着仙岁然先行撤离，奈何敌军穷追不舍，兵分两路，一拨追着他们而来。

淬了毒液的利箭穿青丝而过，擦过他的耳郭，密麻毒箭如流星般直冲要害而来。

夜黑路长，缪岑元脚下一绊，身子腾空，他咬牙以体力压制才得以紧紧圈抱住仙岁然，为免她飞摔出去。

缪岑元一手揽着仙岁然，一手执剑柄弹指之间击掉疾如雷电的毒箭，手握长矛的士兵在毒箭的保护下围攻。

寡不敌众，他们被包围了。

缪岑元以身护在仙岁然面前，就算死，他也会护在她身前。

霎时，一支箭飞似的从他身后直直地刺穿了一敌人的喉咙，敌方方寸大乱，手握长矛的士兵踌躇不前，毒箭盛了怒意宛如豆洒簸箕般射来。

仙枝翟带领士兵及时赶来，才解了这一方僵局。仙枝翟发号施令，激情昂扬的士兵嘶吼上前与敌方近身交战。

仙枝翟猛然咳出血，他不以为意地拭去嘴角的血，回头冲缪岑元吼道：“带然儿走！”

见状，缪岑元心中有疑，借着清冷月色辨出仙枝翟咳出的那口血近似紫黑：“怎……”

“这里危险，”仙枝翟眼神坚定，扯出一抹涩笑，“保护好然儿。”

仙枝翟望了一眼昏睡不醒的仙岁然，决然奔赴战场……

仙枝翟高举佩剑：“弟兄们！杀！”

士兵被仙枝翟鼓动，士气高涨，与敌方短兵相接。

虽说我军骁勇善战、抱有马革裹尸之决心与敌军拼个你死我活，可风餐露宿、日夜兼程为解国之困顿，行不胜衣。

仙枝翟挥剑割一敌方将领之喉，却被拥上前的士兵长矛刺破盔甲，胳膊、后背与胸前都血痕累累。

仙枝翟心口一窒，猛咳一大口血，浸染了剑柄，毒性已侵入五脏六腑，他深知自己人命危浅。

一把利刃从背后刹那插进他的心脏，他身子受力前倾。

仙枝翟眼底染上一抹猩红，握紧剑柄，嘶吼一声，拼着最后一口气举剑刺穿敌人的脖颈。

回首，一片断壁残垣，横尸遍野……

血染的旗帜迎风而扬。

这一生，仙枝翟为陈国为王兄为陈国子民而活了，下一世，他只想作为妤婳夫君而活。

日出而作、日落而息，与妤婳居于世外桃源，远离尘俗、不问纷扰。

这一切，似乎都幻化成梦了……

仙枝翟忽觉眼前昏暗无光，筋疲力尽蓦然倒地，耳畔尽是妤婳盼他而归的缭绕余音——“我将这个予你，来日你娶我以此为礼。”

仙枝翟艰难地从怀中掏出那一方月白色刺绣手绢，眼眶蕴泪，嗓子干哑发涩：“我娶……来世……”

一方手绢轻盈随风飘远，一缕青丝轻拂他半阖眼角，生辰八字于零星之火中湮灭。

我娶你，来世定八抬大轿迎你过门做我仙枝翟唯一的王妃……这一世，怕是要负了你，将你独自丢于这凡世中……

妤婳，这一世，遇你，不悔；负你，追悔。

05.

惊闻羌国与异国合谋夜袭陈国驻扎军营，以调虎离山之计支走仙枝翟再两面夹击陈国驻扎军营一事，芮妤婳一夜未眠，长跪于主殿外只求父王开恩撤兵以图一隅安宁。

芮妤婳身子曳摇，她能做的恐怕只有如此了。她虽担翁主之名，可不过是空权傍身，连收买宫人追问解药一事都不过是白费心思。

澜翠忠心耿耿，陪芮妤婳长跪殿外，更深露重，翁主身子骨本就不好，逼人寒气侵身可如何是好？

澜翠解下自己身上的外服轻披在芮妤婳的肩头，双眼泛红。

王宫黑夜，如星般烛火轻燃，前无软绸，后无暖炉，左右都是寒风凛冽吹红了耳尖。

芮妤婳因体力不支手撑着青石板阶，脸色煞白泛青，唇瓣干裂，哪里还有一国翁主的风姿？任谁瞧，都如一苟延残喘任人欺凌的乞丐。

她嗓子干涩，颤音悠悠回响寂殿“父王，求父王听妤婳一言……”

急报！号响急报，从贯门城一路喊至主殿，若非天大急报万不敢如此惊扰殿下。

先前闭门不理芮妤婳的殿下此刻匆忙披衣踏出主殿，直接掠过长跪于此的芮妤婳，迫不及待地追问：“是何急报？”

来人行大礼跪拜殿下，声色难掩大喜：“殿下！我军夜战首胜！”

“好！”殿下大悦，“此乃捷报！赏，赏！”

“殿下，我军还取了陈国将军仙枝翟的项上人头以告慰此次牺牲将士的鲜血……”来人话未说完便见自个儿脖颈上架着一把利刃。

殿下睁眼怒视，眼前的芮妤婳像是变了一个人：“妤婳，你疯了吗？”主殿前，君王面，她竟如此胆大包天？

芮妤婳握着剑柄的手轻颤，整张脸惨白骇人，被夺佩剑侍随担惊受怕下跪以求殿下之谅。

芮妤婳也顾不得那么多了，她颤声追问：“你将话原封不动再说一遍。”

“我军夜战首胜……”来人因脖颈上的利刃连语调都不敢起高了，绷着根弦开口。

“不是这句！”芮妤婳哭腔难掩，充红的眼惹得殿下心中大惊，她不信，不信他已殁！她不信！

“妤婳，你莫要冲动！”若是主殿门前染了血红恐不吉利，执剑之人又是不祥之身，殿下心惊，他将她晾于主殿前，万万未料及她一女儿身竟在君王面前执剑逼问。

芮妤婳心凉了，淡淡睨了她所谓的父王一眼。

他不曾将她视为他的至亲骨肉，连她所爱之人的性命他也无情剥夺！他所希望的便是以战火纷乱赢得一方割据吗?

“父王，你所攻之国是养育妤婳之国，也是妤婳盼嫁之国。”芮妤婳举着剑柄的手轻颤，质问他，“父王，你与陈国交好不过是虚与委蛇？我不过是你假意求合的棋子！你的假仁假义天地可鉴！会遭天谴！”

“住口！”殿下被气得不轻，拿身旁侍随出气，狠踹一脚。若不是她已许配给羌国二王爷，他定治她个以下犯上，为旁人六亲不认之罪！

“妤婳，你干什么？”大妃娘娘坐轿辇来此，若非她亲眼所见，她怎知柔弱良淑的芮妤婳竟会做出如此不顾王室脸面的事?

“你身为翁主，便是如此做表率吗？”大妃娘娘顺势挡在殿下的面前，她深知妤婳脾性，心还是太善下不了手，“你还将父王和母后放在眼里吗？”

芮妤婳冷笑一声，这真是天大笑话！

父王？母后？他们何时将她当作骨肉至亲了？不过担了一生养虚名，放任弃之……

“父王，母后，你们早已逼死了异国翁主芮妤婳，现在你们眼前的，是陈国王爷仙枝翟的未亡人芮妤婳。”

“大逆不道！”大妃娘娘扶着气得身子发颤的殿下，愤愤下令将芮妤婳拿下。

澜翠见此，拼死捍主：“谁也动不得我家翁主。”

双方对峙，芮妤婳猛然咳出一摊血，身子蓦地一软，被伺机而动的侍随钻了空子，一把夺回芮妤婳手中的剑……

夜更深了，天更冷了，她等的少年郎……再也不会迎着朝阳，踏着风雪，披着星辰回来了。

第九章

◆

- 愿与你游遍花海，
折花绾发。

01.

陈国举国服丧，以祭战死沙场、以身殉国的仙枝翟与缪岑景。

缪行尚与申冼眉及缪岑景正妻听闻消息风尘仆仆赶来汴京，只为见缪岑景最后一面。

世间最叫人心痛莫过于白发人送黑发人。

缪行尚与申冼眉两鬓藏满银丝，一霎便苍老了。

申冼眉伏在棺头哭了好几遭，终是身子苦撑不住被婢女扶回厢房休息。

缪行尚沉默不言、眸中含泪，他知他这长子自小便有报效国家之心，奈何他对缪岑景过于严厉与疏忽，以致缪岑景心急竟萌生残害手足之意。

缪岑元一袭素裳为兄长守丧，见父亲身子不适上前：“爹，你两夜未好好合眼了。”

缪行尚摆手：“无妨。”景儿的最后一程他做父亲的定得送送儿子。

“元儿，”缪行尚伸手覆住缪岑元的衣袖，哽咽着，“我知道景儿深藏的野心，也知你这些年受了苦，看在爹这老脸上，你可否原谅你大哥，让他也走得安心些。

“你二娘生性跋扈，不懂圆滑世故，才教得景儿这般，也怪我未好好教导，才让你们兄弟二人至此。”

缪行尚敛了敛泪：“元儿，我知道你心中一直有疑，可屏芝……你的母亲之死确实与你二娘无关。当年若不是你二娘所赠药方，你娘的身子骨怕是也撑不到为你过完生辰。”

缪岑元胸口似压了块石头，半晌才回神。

“也是我的错，迎她过门，心里却唯有你的母亲，惹得她为之嫉妒似变了个人。”缪行尚长叹一口气，“你若是恨她，那也恨我吧……她便是再不济，也是我的妻子，你的二娘……”

“父亲……”缪岑元话还未落，便闻申冼眉振聋发聩的嘶吼。

只见申冼眉在婢女搀扶下，跌跌撞撞直朝缪岑元扑来，用尽全身气力扇了缪岑元一耳光。

在场之人哑然一片。

缪行尚低呵一声，伸手拉回犹如泼妇骂街的申冼眉：“你这是作甚？在景儿灵前失仪胡闹！他如何走得安心！”

闻言，申冼眉嘴唇轻颤，身子疲软瘫地，掩面痛哭。

缪行尚见状，心怜她，躬下身轻揽住申冼眉，任由她的泪浸染他的衣衫对襟，是他对不住他们母子，是他的错！

缪岑元犹如失了一魄，揖手行礼拜退，耳畔尽是撕心裂肺的哭喊之声。

他曾怨过的名字今时却镌刻在冰冷的灵牌上，望着痛失犬子的父亲与申冼眉相偎而泣，望着痛失夫君仍强忍着悲切烧纸钱的大嫂，他心中猛然一窒，似是一支箭穿心而过，伤口难愈。

缪岑元垂袖出府，琉璃叠手迎上前：“驸马爷。”

缪岑元敛眸，有气无力道：“你怎来了，公主如何？”

“公主仍昏迷未醒，”琉璃努力压抑着哭腔，眼底泛红，“我出宫为公主买些她最喜欢的花糕，公主若醒了便能一尝……途经缪府闻悲音便想进去唁语。”

得到驸马爷缪岑元的应允，琉璃只身踏入缪府，由大门至灵堂的一路白布飞扬。琉璃忍着心中窒痛缓步而行，她始终不信他那般洒脱恣意的人会安分躺于冷清黑暗的棺木中。

她无名无分，只是公主的贴身侍女罢了，竟不知好歹倾慕于缪家长子。

上了香，她便像个逃兵似的仓皇逃至枯枝无叶的桃花树下——

那年，她陪公主出宫观面具庙会，学着公主手接桃花瓣雨，遇见了风度翩翩如梦中少年郎的缪岑景。

他曾说，日后带她游遍漫山花海，为她折一桃花别与发髻。

她想去瞧一瞧漫山花海映于天的风光，可瞧见的却是秋末落叶坠于掌心。

……

待她向公主赎清了罪，她便能寻着他去一瞧漫山花海。

岑景，奈何桥太远，你可否，再回头瞧瞧我?

02.

今朝，乃是异国翁主风光大嫁的吉日良时。

殿室外，送贺礼说祝词的人络绎不绝，似要将十几年未如此热闹的翁主殿门槛踏平。

澜翠从太医院端汤药途经偏殿，便闻其中一名侍女扯高了嗓门，像怕人听不见似的：“咱们翁主真成药罐子了，大婚之日汤药还不能断，嫁过去正好与那二王爷相配。”

“听闻那羌国二王爷年迈丧正妻，已近迟暮，儿孙都满堂跑了，殿下与大妃娘娘却执意将翁主嫁与二王爷为其续弦。”

“说来翁主也是命苦，命带不祥，不讨殿下与大妃娘娘喜欢，连她心爱之人陈国将军都被她活生生克死了……”

“住嘴！”澜翠再也听不下去，端着汤药就往殿内冲，怒视一圈乱嚼舌根的侍女，“谁准你们在背后乱嚼主子舌根的！”

其中一名跋扈侍女上前，伸手推搡着澜翠。澜翠一个不稳，手中汤药尽洒，澜翠心急，艰难弯身，却拾不起一滴汤药。

“澜翠，哪怕你对翁主忠心耿耿，翁主不也是保不住你的一条腿吗？”

众人附和：“是啊，忠心有何用？保全自己才是首要啊。”

“澜翠跟了翁主，哪怕最后粉身碎骨，也不枉白来这世上一遭，”澜翠眼底通红，抬眸望着势利的众人，“哪怕翁主再不济，也是咱们的主子，谁也不能在背后妄议。若你们再妄言一句，我澜翠哪怕豁了这条贱命，也会要你们付出代价！”

众侍女面面相觑，惜命噤声。

芮妤嫿卧于床榻，丝绢掩面猛咳，已是弱不胜衣。

澜翠端一碗新药入殿室，便瞧见芮妤嫿欲下榻，澜翠慌忙上前，将药搁于桌案上，一拐一拐地慌张奔来：“翁主。”

“澜翠，”芮妤嫿面白蹙眉，气若游丝地指着悬挂屏风上流光溢彩的喜服，“替我梳洗更衣吧。”

“是。”澜翠自是明白翁主心思，取来喜服替翁主穿上，扶着翁主坐于铜镜前，替她梳理如瀑青丝，偷瞧着铜镜里翁主的憔悴玉容。

芮妤嫿敛眸涩笑：“今天是我大婚之日，澜翠你哭什么？”

澜翠垂头偷抹眼泪，带着颤音：“我没哭，翁主，澜翠是替您开心，”澜翠仔细地替她梳头，“翁主，您是澜翠见过的最美的新娘子。”

芮妤嫿但笑不语，择一珠玉耳坠配珠玉凤翊冠，涂蔻丹、缀花钿、点唇脂，望着铜镜中不复面容枯槁的人，轻弯唇畔。

眼中含泪，惹人心怜，只是……怜她之人不存于世。

今日一身红装，只为一人而穿。

不论生与死、无论一生或几世，她芮妤嫿都是仙枝翟的新娘子。

芮妤嫿瞧着铜镜里可人儿的容貌，笑得令人心疼，心口忽而一窒，血红浸染掩面丝绢。

澜翠心惊：“翁主！”

“我没事。”芮妤婳安慰着澜翠，清泪滑过她的脸，她大限将至，终要与她的少年郎重逢了，“澜翠，替我斟两杯酒。”

澜翠得令退下。

芮妤婳从木屉中取出一团锦结，纤纤指骨抚过嵌于团锦结中的珠石，庆他大胜而归之手礼再也送不出了。

澜翠手执两杯酒入殿：“翁主，我特意替您备了花酒酿。”

“嗯，”芮妤婳将团锦结搁于梳妆镜台侧，盯着酒杯半晌回不过神，“他素日最喜饮酒。”

芮妤婳敛泪，偏头拉过澜翠的手感喟：“澜翠，整个异国，我唯有你了。”

“澜翠定不会离开翁主。”

“傻丫头，”芮妤婳轻拍着她的手，“跟着我一将死之人作甚？”

她低头瞧着澜翠因她被打断的一条腿，眼含愧疚：“都怨我，我这翁主着实窝囊，竟保不住你的一条腿。”

“翁主，以一条腿换一命，值了。”澜翠缓缓半跪在芮妤婳身前，“翁主，澜翠会一直陪着您。”

“澜翠，”芮妤婳轻理她的发髻，“我未走过的后半生，你代我去瞧一瞧。”

澜翠早已泣不成声：“翁主。”

芮妤婳指尖轻触冰冷花器，眼眶蕴泪。

“昨夜，我梦见曼珠沙华开了花，”芮妤婳鼻头泛红，“今儿是他出丧之日，我怕晚了，追不上他。”

莫端孟婆汤，共饮合卺酒，仰天望地，礼成同心。

芮妤婳眉梢带着笑意端起酒杯，一饮而尽。

今生你我黄泉再遇，来世你我白头到老。

芮妤婳一袭喜袍垂地拾级而下。

天冷了，澜翠生怕翁主冻着了身子，将大氅披在翁主肩上，小心翼翼地搀扶着。

“今年入冬比往年都要早。”芮妤婳仰起头，脂粉涂了一层又一层也遮不住苍白脸色，若不是头顶凤冠，她怕是身子都虚飘了。

“澜翠，你听到鸣锣了吗？”芮妤婳体力不支，几乎半个身子都倚在了澜翠身上，呢喃道，“娶亲开道的鼓乐。”

“我听到了，翁主。”澜翠紧紧揽着芮妤婳瘦薄的肩头，清冷殿前无一人，更不闻热闹鼓鸣。

芮妤婳倚在澜翠怀里，半阖眼眸中忽映入一意气风发少年郎越来越近的身影，可她却连扯动嘴角的气力都没了。

她终于……等来了她的少年郎。

澜翠极力忍着眼泪，终是忍不住号啕大哭：“翁主！”

雪飘迎冬，花开迎喜。

藏于花器土壤里的曼珠沙华种子破土绽花犹如火红盛宴，如火、如血、如荼。

血红忽染花酒酿，杯底未剩一滴酒……

03.

初雪似红装铺席长街，为送仙枝翟一程的汴京百姓将素白马车围得水泄不通。

凄入肝脾的哀切号啕引得云迷雾锁。

手执丧杖的神东迟敛眉，望着黑影掠过云上直追内廷上空，心猛地一坠。

黑雾雷奔云谲聚拢内廷上空，雷电倏忽一彻响如引魂长鞭一挥，震得众看戏散鬼魂魄离身一颤。

梦醒往生，逢少年郎，来世可待，提灯相忘……人头攒动、张袂成阴，一抹摇曳生姿提灯涌入人潮，黑暗无路、不见天日、浑身被缚、魂魄剥身。

长鞭凌虐身，逼得魂魄脱离身骨，惊得仙岁然乍然苏醒，佛木符忽如一缕黑烟湮灭，不存一丝孤影。

黑影聚团疾速冲入殿中，将仙岁然缚得动弹不得，狠狠扼其喉咙，魂灵身骨渐离，幸而缪岑元及时赶来以身躯散一众无名黑影。

“然儿！”缪岑元心急徒手去捉仓皇逃散的黑影，未抓到尾影却因人魂殊途灼伤了他的手心。

他龇牙愤愤，无名闲散魂魄竟招摇入宫扰她清梦！

梦里之途她曾踏足，记忆却模糊得紧。

仙岁然气虚体乏，心口一窒，喉间忽涌上一股子血腥，猛咳血红浸染衣裳对襟与绸被。

缪岑元疾步上前，手蓦地揽住疲倦瘫软的仙岁然，眉头皱起：“然儿。”

仙岁然脸狰狞皱成一团，手紧攥住他对襟前衫。

瞧着她这般苦痛，他恨不能替她受了这份罪，缪岑元手心紧覆着她冰凉彻骨的手背，眼底通红：“然儿。”

“我……我难受。”仙岁然轻喃，气力似被全部抽走。

缪岑元凝眸盯着搁于桌上的那碗药，揽着仙岁然手背的手轻移动覆上她的眼，另一只手抬袖，削剪磨平的指甲用尽气力狠扎破手心，血淌于掌心纹路。

缪岑元胳膊轻托起她的后颈，将他的血喂予她，以缓她之症。

待仙岁然气息渐稳，缪岑元攥袖轻拭她唇畔鲜血。

缪岑元闻声侧头一探，便见神东迟心急火燎地上前。

神东迟漠视床沿侧身而坐的缪岑元，指骨还未碰到她一丝一毫便被缪岑元宣示主权地擒在半空。

“你应伴灵棺开阴阳之道，怎会出现在此？”

神东迟咬着腮帮子，蓦地甩袖立定，居高临下地瞧着又陷入熟睡的仙岁然：“我只重然儿安危。”

他在乎的唯有她，他人生死葬娶与他何干？

“然儿安危不劳你费心，我自会护着。”缪岑元与他冷眉相对。

然儿昏迷数日，此番于梦中惊醒元气大损，若无阴阳引道，邪祟生灵怎可近身欲争夺其魂魄？

神东迟一双桃花眼寒意逼人，以阴阳道为引聚往生记忆，惹得散鬼游魂前赴后继，有阳数损耗之险，如此急功近利之举，唯有一人。

晦暗无光的阴阳寮，如地府衙前。

安令奇明点黑烛，烧卷宗，闻步调便知他的好弟子来了。

“何事让你这般愤恼？”自神东迟踏入寮内，浑身熊熊燃烧的愤恨连如寒窖的阴阳寮都压制不住。

“师父明知故问。”神东迟掩藏愠怒，开门见山。

本以为与师父不谋而合，各为己利，他为师父筹谋权力与地位，师父替他保然儿周全。

可他未料及师父擅引阴阳道，枉顾天地纲常逆改阴阳，令然儿身骨耗损疲弱：“师父，此古法勾魂追忆凶险异常……”

“心疼了？我知你心思缜密、步步为营，可为私情不涉险怎成大事者？”安令奇明猛抬眼皮，将神东迟面上掩不住的愤怒与疼惜收入眼底，他就是怕他这弟子因小失大，舍不得下手而误事，他才先下手为强。

“差一点，就大功告成了。”安令奇明咬牙切齿，今日冥门大开为迎新魂，犹如天助，却因仙岁然那不知所谓的准夫君把一切都毁了。

他竟未料到当日为仙岁然选的童养夫如今竟成了他功成名就的绊脚石！

待安令奇明甩袖离去，神东迟仍跪于原地。

是他勾起安令奇明的贪念才引得然儿身陷囹圄，他自以为的万全庇护却成了伤她的利器。

佛木符被毁，眉心血收于鼎炉内，然儿自有她夫君护着，他……仍旧被困于这暗无天日的阴阳寮内。

04.

殿内无灯无烛，仙岁然忍着身子不适欲半坐起身，腰间传来的温度令她浑身一颤。

“是我。”缪岑元的声音让她心安。

仙岁然轻揪住他的衣袖，声音嘶哑：“怎未点灯？”

“怕光亮扰了你的清梦。”缪岑元将她整个人都揽入在怀，声线慵懒温柔，听得仙岁然昏昏欲睡。

“此一时彼一时嘛。”仙岁然闭上眼强撑着清醒，像个小狐狸似的来回轻嗅，打趣他，“缪岑元，你多久没沐浴了？”

缪岑元轻弯唇畔：“嫌弃我了？”

仙岁然缓缓睁眼却瞧不见他的一丝俊朗模样，便壮着胆子手顺势攀上他的脖颈，额头在他衣襟处来回蹭：“不嫌弃，一辈子都不嫌弃。”

他轻拉住她不安分的手：“我去点灯。”

“不用，”仙岁然虚乏地瘫软在他怀里，“我现在一定很丑，倒不如就这般。”

缪岑元揽着她的手暗暗用力，下巴轻抵在她的脑袋上，字句铿锵：“我缪岑元的夫人乃是世间最美之人。”

闻言，仙岁然眼尾都盛着笑意，眼皮却经不住倦意耷下。

“王上与王后日日来瞧你，你都嗜睡不醒，”缪岑元轻顺着她的青丝，低头听着她紊乱的呼吸声，细语道，“琉璃夜夜长跪于祈福殿，为你求安。神东迟他……也担心着你。”

“嗯，”仙岁然轻应一声，又道，“王叔呢？”

突转话锋，这一句让缪岑元如鲠在喉：“王爷他累了。”此后以天为被，以地为席，长眠以休。

仙岁然头脑混沌，辨不出其深意：“哦，那你代我告诉他，待他休息好了，定要来瞧我，我要与他同去异国接好婳姐姐回家。”

缪岑元面色凝重：“嗯，”修长手指轻拍了拍她的窄肩，“才亥时，再睡会儿。”

“缪岑元，我渴了。”仙岁然只觉喉咙腥味过甚，胃里翻涌得难受。

“好，我给你端杯茶水。”缪岑元搀着她半倚在床榻檐头，便闻她虚力咯咯笑了两声。

“嗯？”缪岑元鼻音浓重，生怕磕到碰着她。

“缪岑元，我忽觉我是一老妪了，事事都要倚着夫君。”仙岁然轻叹一声，倏地语调上扬，不禁喜形于色，“可又甚觉开心，好似我们白头偕老了般。”

缪岑元由着她脑袋往他怀里钻，手轻抚着她瘦骨嶙峋的后背：

“我们自会白头偕老。”

“嗯。”她与缪岑元定能白头相并。

仙岁然抵不住倦意又陷入了睡梦，连缪岑元端来的茶水也未抿一口润喉。

寒风轻敲窗棂，似将梦推来拂去。

仙岁然做了一梦，王府铜鼓喧天、十里红装、条红绸带起舞，可迟迟迎不来璧人。

仙岁然猛然惊醒，睁眼瞧着络子系于床榻木梁，她卧于榻上，那恸心之景不过一梦华胥……

额上布满细密汗珠，衣裳湿了大片。

仙岁然后怕地大喘气，偏头瞧着窗棂外微光乍现，不知是什么时辰。

“公主！”琉璃手握祈福衿，刚踏入殿便见公主缓慢下榻，她心急绕过屏风，像道闪电似的冲上前，猛地抱住仙岁然。

仙岁然整个脑袋都被埋在琉璃臂弯里，若是琉璃手再松慢点，她怕是就会活活被闷死了。

“琉璃，”仙岁然气力恢复了点，就忍不住贫道，“你可不许欺负我这个体虚身亏的病秧子。”

琉璃眼泛晶莹泪光：“琉璃哪敢啊。”琉璃紧紧捏皱手中的祈福衿，公主醒了，她便要去祈福殿还愿谢过天上神仙。

“公主，琉璃给您准备吃食去。”

见琉璃要起身，仙岁然蓦地捉住琉璃的手腕，轻咳几声，让沉闷嗓子清亮些：“琉璃，缪岑元呢？”

“我回来时正好碰上了驸马爷，他被王上召去宣殿议事了。”

仙岁然撇嘴，脸恹恹的，还以为一醒就能瞧着她那俊逸出尘的夫君呢，昨夜他亲自沏的茶水也没喝上。

琉璃一瞧公主坚决要下榻，她心揪了起来，忙劝道：“公主，您身子骨尚未恢复，还需卧榻静养。”

“我好了。”仙岁然生怕琉璃不信似的，左右转了两圈，也不知怎的，今日身子骨虽还弱着，可不似昨日的疲弱困倦。

仙岁然强忍着卖力转圈引来的心中不适，踱步至铜镜前：“琉璃，替我梳妆。”她瞧着镜子里弱柳扶风的自个儿，没由来地嫌弃，“我去寻夫君，正巧去向父上与母上请安，我好似许久未瞧见他们了。”

琉璃顿在原地，望着仙岁然无忧无虑的模样不由得感伤，一切已是物是人非——

王上下令，十二王爷仙枝翟之死讯不许传至公主耳里……

琉璃眸中蓄泪，瞧着仙岁然的背影，若是公主知晓了王爷之死讯该如何？

“琉璃，你说我簪哪支步摇？”仙岁然专心选择，“要不我选这坠有流苏的步摇吧，倒有婀娜多姿之态。”

琉璃轻步上前，手执过木匣上的镂空雕花木梳为仙岁然梳理青丝：“公主戴什么都好看。”

仙岁然心里乐开了花，低头掩面娇羞，不由得回头却正好瞧见了琉璃脸上泪挂两行。

“怎么了？”仙岁然蓦然急了，起身握住琉璃的手，“怎么哭了？”

“琉璃是瞧见生龙活虎的公主心里开心。”

仙岁然不吝甜笑，伸出双手环住琉璃，却未瞧见铜镜里的琉璃眸里染伤，泪流越加肆意。

05.

陈国折损一员虎将，举国大悲。

异国夜袭战胜取将军首级耀武扬威，自鸣得意。

骄兵必败。异国此举惹怒了与将军仙枝翟同生共死的将士。

缪岑元与副将连夜带军一举攻破异国首城，肉薄骨并，陈国百万将士势如破竹，锐不可当的攻势惹得异国节节败退，并自觉自愿地奉上仙枝翟的头颅以求一时安逸。

王上仙枝莨坐于正殿上座，两鬓霜白，神态不复往日奕奕。

初闻仙枝翟噩耗，他夜不能寐，金桌案角奏折堆积如山，他却无暇心思批阅。

人死不能复生，为弟报仇，夺得尸身其全，以慰他在天之灵。

他乃一国之君，哪怕万分悲痛亦不能表露人前，军心需稳，人心需慰。

缪岑元得令拜见王上，立于召殿前恭敬揖礼。

仙枝莨蘸墨的狼毫笔一顿：“来了。”

时移世异，风浪终归于平静。

缪家长子缪岑景为国而殉，仙枝莨也深感痛心，为缪岑景赐予谥号以光宗耀祖，于汴京办丧葬之故里。

“你兄长之丧仪办得可妥当？”仙枝莨继续挥洒笔墨，笔力遒劲、铁画银钩。

“有王上挂念，一切都妥当。”

“那便最好。”

仙枝莨叹了声气：“你与副将统率将士逼退异国之兵，且……”顿了顿，“让异国奉还将军仙枝翟首级，有不世之功。”

“此番应战大胜而归是民心所向，亦是王爷在天有灵庇佑。”

闻言，仙枝莨潸然盯着未干的墨迹发怔，他为其弟枝翟所题之字，如今才收了尾，可惜已是生死相隔，故人已去，茫茫雪海为其送行。

紧闭殿门忽而被猛地推开，仙岁然提裙踏入。

琉璃紧跟其后，她劝不住公主，垂头无言。

缪岑元心中一紧，望着她无语凝噎的模样惹人心怜，她……都听到了？

仙枝莨脸色骇然，猛拍金桌蓦地起身："公主驾到怎无侍随通禀？"

一听王上大怒，守门侍随踉踉跄跄地连走带跑滚入殿内，望王上恕罪。

"是我硬闯，不关他的事。"她一人之错，不可连累无辜之人。

话音一落，四下阒然。

仙枝莨一见仙岁然眸中含泪，脸上怒气尽散，抽抽噎噎："然儿，你怎来了？"

仙岁然身子轻颤，目光掠过沉默不言的缪岑元，望着刹那苍老、两鬓斑白的父上，她心如绞痛。

"王叔他……"仙岁然嘴唇翕动却始终无法启口，她从未想过伴她长大、逗她为乐、为她出头的王叔有一天会离开……

她不信，她的王叔威风凛凛、战无不胜、令敌军闻风丧胆，怎会战死沙场?

定是弄错了，弄错了!

“父上，是误报对吗?”

仙枝莨不忍去瞧仙岁然悲恸面容，也不忍亲自再说一次王弟枝翟的死讯。

为解王上两难之境，缪岑元步调沉重，走至仙岁然身侧，轻启唇瓣，绵言细语:“然儿，王爷他……昨日已出丧。”

仙岁然一脸哑然，蹙眉抿紧唇瓣，王叔他……

“不，不会的，”仙岁然难以置信地后退一步，“王叔他不会死，他说他是铜人铁骨，铜人铁骨怎么会死?”

“然儿。”缪岑元倏地将她牵入怀里，任由她哭天捶闹，他都不松手。

悲痛噩耗，他知她心痛。缪岑元轻抚着她颤抖后背，闻她抽噎之音，恨不能替她担了。

“缪岑元，”仙岁然双手紧揪住他的缎面衣裳，追问着，“这不是真的，对吗?”

缪岑元不忍，缄默无言。

殿外国使传来急报：异国翁主芮妤婳于昨儿大婚之日暴毙。

国使来往于各国，哪怕王室之事封锁得再密不透风，亦能被传得众人皆知。

这个消息宛如晴天霹雳，仙岁然从缪岑元怀里挣开，眼角残挂着泪：“你说什么？”

国使本是捎消息亦来求赏，却被仙岁然直愣愣的眼神瞧得心里发怵，结结巴巴道：“小臣，不敢妄语。”

仙岁然脚下趔趄，脑袋混沌，只觉天旋地转，心口如窒了块石头不得畅快……

耳畔传来父上、缪岑元与琉璃的声音，她张口想回应却发不出一个音。

王叔，妤婳姐姐……

第十章

◆

- 缪岑元，我真的，很想做你的新娘子。

01.

突闻仙枝翟与芮妤婳的噩耗，仙岁然如遭当头一棒，敲得身躯一震，魂魄尽散。

琉璃瞧着仙岁然黯然神伤模样，心疼不已：“公主。”

自仙岁然醒来那日起，便未有食欲，整日居于殿内，身子虚得越发厉害。

“今日是妤婳姐姐的头七。”仙岁然喃喃道，她知人死不能复生，可心中烦闷得紧。

母上早已将妤婳姐姐当作亲女儿般，因知噩耗整日窝于殿内怅然；父上身为一国之君整日埋首于奏折中，面上虽不吐露对王叔的思念，可私下总会望着王叔儿时的木剑悱恻。

“琉璃，我想出宫一趟。”

琉璃心中一紧，警惕道：“公主，您想去哪儿？”

“去王府。”仙岁然抬头，眸里熠熠。

雪下了停，停了又下，周而复始。

琉璃小心翼翼扶着仙岁然踱到王府门前，王府匾额换上了白事布条，不复从前喜气热闹，未迎新人来，便已人去楼空。

此情此景怎不叫她触目恸心？

琉璃紧紧牵着仙岁然的手：“公主，这伤心地……我们还是避开吧。”

仙岁然抽噎，酸了鼻头红了眼：“伤心地能避开，伤了心又该如何？”

“公主。”

“琉璃，我……要去异国。”妤婳姐姐虽为异国翁主，可顶着虚名头衔，她的至亲之人从未将她放在心上，她早已是王叔的王妃，夫妻本该合葬一起，她要替王叔接妤婳姐姐回家。

琉璃大惊：“公主，不可！”

她与公主相伴多年，她怎不知公主心思？此番陈国逼退异国之兵，异国有怨，况且异国还有羌国这个后盾，此次前去凶险未卜。

见劝不了心意已决的仙岁然，琉璃只好搬出缪岑元：“公主，你若非去不可，我定要向驸马爷如实禀告。”

“琉璃！”仙岁然按捺不住呵责一声。

缪岑元劳心劳力，为国政务缠身。家中长子以身殉国，他身负缪家唯一顶梁柱之责。

她万不可因此事叨扰他。

“可他是你的夫君哪。”

“我也是他的夫人。”仙岁然打断琉璃的话，他为陈国驸马，她的夫君，事事以她为先，事无巨细。她身为他的夫人，在记忆里似从未为他做过任何事，既未能帮到他，又如何觍着脸皮烦扰他。

仙岁然立于寒风中，体力虚耗、面色惨白。

琉璃勉强撑着歪倒的仙岁然：“公主，我们回宫吧。”

“嗯。”仙岁然忽觉身子疲软，若不是琉璃搀扶，她怕是就倒地不起了。

琉璃艰难扶着仙岁然下石阶，仙岁然却因脚下一软蓦地前倾，琉璃咬着唇未撑住，手无力一松脱，仙岁然便像个花瓶歪斜而倒。

“公主！”琉璃心急大喊，心都跳到了嗓子眼，直愣愣地瞧着仙岁然双肩被人一握，轻揽入怀。

琉璃麻溜下石阶，垂头行礼：“拜见阴……”

神东迟揽着仙岁然的手紧了紧，脸色拒人于千里之外：“即刻回宫。”话落，神东迟打横抱起体虚的仙岁然，不顾她无力的挣扎。

一入马轿，仙岁然使出全身的气力推搡着神东迟，神东迟岿然不动，任由她绵绵拳头砸在他的身上。

他知道她气他、恼他、怪他不劝阻芮妤婳回异国之事，若不是他利用阴阳师之便治好芮妤婳在她耳侧推波助澜，芮妤婳也不会决意回异国……

从她醒来那日起，她便对他闭门不见。

神东迟见为躲他而奋力退至轿内角落的仙岁然，他心猛地一抽痛，他放在心尖上的人此刻却避他为猛虎。

“然儿。”他嗓音干哑发颤。

仙岁然别过脸，极力错开他炙热的目光，鼻头泛红。

“然儿，若你觉得那是我的错，便是我的错，我不会辩驳一句。”神东迟望着她苍白的脸心怜，只要她不对他视如陌路，他什么都肯做。

仙岁然指节攥得发白，她心里头……其实也清楚得很，以妤婳姐姐倔强的性子若执意回异国，谁也拦不住。

若真说他有责，那她也有责，是她未替王叔照顾好妤婳姐姐。

生不能在一起，死亦要他们合葬一处。

神东迟从怀中掏出他新做的佛木符，第一滴眉心血已被锁于鼎炉中，第二滴眉心血他亦为她。

“然儿，佛木符你随身……”

“我不要。”仙岁然无情拒绝，让神东迟递来的手僵在半空中。

“多生噩梦的佛木符，不要也罢。”

神东迟急张拘诸，手捏紧佛木符：“然儿。”

他承认，他以眉心血护她，却也以眉心血令她梦魇缠身忆起往生之事，如此恶劣手段只为将她留在他身边。

仙岁然强忍着身子不适，喊停驾车的车夫，唤琉璃扶她下车，唤了半晌也不见琉璃掀帘来扶。

神东迟抿唇蓦地擒住她纤弱手腕：“然儿，皆因我贪恋，若你要怪，便怪吧。”

他不能眼睁睁瞧着她耗尽心血而死，身子虚空而去。

神东迟挥袖揭开银箱，四两式神通身如裹火焰，以神东迟阴阳之道为引供其元气，穿然儿之躯入魂魄之内释引，强行令仙岁然忆起前尘往生。

阴云密布，雪忽顿又急急飘扬，铺满轿顶。

闻讯而来的鬼魂因忌惮神东迟而远远瞧着这方热闹，聒噪言论四起，往生魂魄忆起前尘、元气将散、阳数将尽、重生水逆、吊着五行火旺苟延残喘……

仙岁然身子受不住往生记忆的冲破封印之茧一蜷，蓦地被神东迟揽入怀中。

他握着仙岁然窄瘦肩头的手指节分明，暗暗用力，眼底猩红：“然儿，我愿护你一生平安喜乐，哪怕扭转阴阳，解禁通底术咒，也会护你周全……”你愿嫁于我为妻吗？

最后一句话他终究藏于心里……

02.

她不过是一缕用自身牢不可破的念力投胎重生的魂魄，犯了地宫大忌、身有水逆、阳数将尽、元气折损的非人非鬼罢了。

仙岁然缩于缎被里，殿内烧旺的炉火映得屏风红光通明，可她仍觉得身子冰冷。

缪岑元轻步踏入殿内，他得王上指令于偏室替王上分忧国事，闻琉璃诉求，便什么都不顾了，丢下未处理完的政事匆匆赶来。

殿内窗棂紧闭，炉火火苗蹿得很高，热气蒸人。

缪岑元瞧了一眼榻上的身影，遂走向窗棂，轻推一丝缝隙，却不料咯吱声响吵醒了她。

仙岁然激灵一侧身，嗓子干哑：“琉璃？”

“是我。”缪岑元提裳角上榻阶，束发上落满银白细雪。

闻声，仙岁然双手撑缎被半坐起身，哪知他已驾轻就熟坐上她的榻侧，自然伸过手轻覆在她的额头上。

她抬眼瞥见他眉头一皱，遂抢在他前头开口：“我素来体虚怕冷，”闲着的手转瞬揪住缎被，“你瞧，母上今年开春为我新弹的棉被，我都盖上了，怎知今年如此之冷……”

缪岑元不待她把话说完，便将她圈入他温暖的怀中，似要将他的体温全部予她。

缪岑元闭眸，瞧着她这般掩哀痛思绪，他心疼她，宁愿她在他面前失声痛哭发泄，也不要她独自苦撑强颜欢笑。

“我听琉璃说，你去王府了。”

他顿感怀中的人儿身躯轻颤了颤，遂将她搂得更紧，他知道她心中所思。

芮妤嫿身担异国翁主虚名，可名义上早已是仙枝翟之妻，夫妻合葬乃是情理之中。

生则同衾，死则同穴。

“你去哪儿，我便去哪儿。”

仙岁然被他突然一句搅得犯糊涂了，仰头瞧着他好看的眉眼：“缪岑元。”

他低头迎上她的目光：“我自是知道劝不了你，那我便陪着你去，天大地广，你都别想独自撇下我去瞧一路风光。”

望着她愣神的模样，他忍不住倾下脑袋，与她额头相抵，他温热体温浸暖了她冰凉的额头：“我是你的夫君，你心中所忧所思都别瞒我。”

仙岁然眼角滑过滚烫如火球的热泪，应允道：“嗯。”

“今夜好好休息，明日我们便启程，去接你的妤婳姐姐与王爷团聚。”

“好。”仙岁然心中一颤，他知她心中所挂之事，明知履险蹈难，他也愿陪她涉险完愿。

缪岑元微松开她，指腹轻拭她的泪，柔声道：“早些歇息吧。”

缪岑元起身欲走，却被仙岁然扯住衣角，只见仙岁然害羞垂眼：“今夜……你陪着我可好？”

明日便要启程奔劳，她心中难免有忧虑。

见他半晌愣怔在原地，她以为他又要拿宫中规矩礼教婉拒，哪知下一秒，他便利落掀缎被入内。

仙岁然自觉往里退了退给他腾出地方。

缪岑元见她一脸受惊的模样，不忍捉弄她：“给你暖了被窝便走，”见她仍杵原地，他只得解释道，“偏室里的政务我还未处理完，我自不能负了王上的期望。”

缪岑元瞧她如蜗牛般慢慢挪着身子，他忽而抬起胳膊一揽，将她揽入怀里，他长袖一扬如薄被轻覆着她。

“睡吧，我在你身边。”

仙岁然只觉身子渐渐回暖，缓缓抬手，便听他慵懒开口：“嗯？”

“缪岑元，”仙岁然轻攥着他的袖袍，望着榻梁上挂着的络子，“我们……会永远在一起吗？”

火炉内的红炭烧得时而乍响，他的嗓音混着红炭毕剥的声音让人信服：“我不知道有没有永远。但我清楚的是，即便我们分开了，也会再相遇，那时，我们一定会认出彼此。”

仙岁然较了真，翻转过身，与他目光交汇：“那我们勾手指，一言为定。”

缪岑元宠溺一笑，顺了她的心意勾手指。

“睡吧。”缪岑元将她揽得更紧些，用缎被将她盖得严实，生怕她再冻着了。

这段时日，她身子虚空，他甚是担心。

他怀念那个闹出点无伤大雅幺蛾子的她，也不愿她如今沉默寡言忧思忡忡，他宁愿她不知生离死别为何物，一直做个逍遥快活的闲散人。

仙岁然缩在缪岑元的怀里贪恋他的温暖，她的鼻间仍是他清甜醒神的味道。

她想做个贪婪人，不问前尘往事，只求与爱人厮守终身。

可她这副病弱之躯怎能拖累他？

缪岑元，我真的……很想做你的新娘子。

03.

翌日，天色灰蒙，殿前铺满了如白绒的雪花，似迎故人来。

仙岁然披着墨绿勾银丝线大氅、手持暖手筒站在殿前等缪岑元，待他处理完政务便来接她启程异国。

屋檐上的积雪堆积过多重猛地砸了一块下来，砸散的雪花屑溅至仙岁然的珠绣鞋上。

琉璃见状，遂拉着仙岁然入殿以免被无辜砸着。

前处雀喧鸠聚，扰得人心不安。

仙岁然心中猛然生出不祥预感，偏头问琉璃：“琉璃，发生何事了？”

不待琉璃前去问，便听嗓门大的凑热闹之人喊道：“为国英勇献身的将士们回家了！”

原是与异国交战而牺牲的大陈将士归故土，为让他们能落叶归根，走得安息。

琉璃搀着步履蹒跚的仙岁然随人流前往城门口。

马车一辆接一辆缓慢入城，冰冷僵硬的草席下满是尸骨，虽已简易处理过，却仍能隐约瞧见血迹斑斑，可想而知战争是何等腥风血雨。

琉璃皱眉，如此血腥之景怎能入眼？若吓到公主可如何是好？

“公主，此地不宜久留，我们还是回殿吧。”

仙岁然觉得脚如灌了铅石，步履维艰，眼被风吹得通红。

争地之战，杀人盈野；争城以战，杀人盈城。

琉璃哽咽：“公主，回殿……”

“这里还有个女子！”不知是谁喊了一声，引得众人去瞧，一瞬静默无言。

仙岁然攥紧手，眼直勾勾地望着被围得水泄不通的末尾惴惴不安。

见公主提裙上前，琉璃心急如焚，违令拦在仙岁然面前：“公主！”

仙岁然唇瓣轻颤：“我……我就去瞧一眼，瞧一瞧是谁……”

琉璃拦着仙岁然不让路，哑着嗓子，哭求道：“公主，别去瞧了，污秽之物别脏了您的眼。”

看着琉璃如此奋力拦着，仙岁然心里更明了：“琉璃，你也猜到了是不是？”

战死沙场的将士回家，怎会有女子？

“公主，公主！”琉璃蓦然跪倒，“琉璃求您了，别去瞧了。”

仙岁然扯开琉璃的手，她已下定了决心：“我要去瞧一眼。”

“公主！”

……

每走近一步，她心中都百般祈祷，不会如她心中所想。

未遮严的草席下是红得触目惊心的喜服，她的心窒了窒，内心经过无数挣扎才悠悠抬手，手腕却猛地被人扼住。

“然儿。”缪岑元闻讯赶来，他深知这一破败草席下是何让她摧心剖肝的场景。

仙岁然不闻，手仍倔强地要去掀草席，却被缪岑元猛地拉入怀里：“别看了。”

怀中被禁锢着欲挣扎的人儿，一开始只是压抑着抽泣，可慢慢地便成了号啕大哭，似要喊得天神共泣才甘心。

她曾想过最坏的结果，不过是未能入葬王室之墓罢了，至少能有一容身埋骨之地……可是，她万万想不到竟凄惨伶仃至此，生来时，独身一人；死去时，仍独身一人。

她在天之灵的王叔何其忍心！他捧在手心里疼的人却被异国唾弃至此。

04.

神东迟怒不可遏地推门入安令奇明殿中。

今早城门一事闹得汴京城中人心猜度，堂堂异国翁主怎沦落埋骨他乡的悲惨宿命，竟还和尸山血海的死人堆一起，真是天妒红颜。

安令奇明正专心于茶道，闻声不乱："还未到你请安的时辰。"

神东迟紧咬着腮帮子，眼神阴森："弟子有一事不明。"

他深知安令奇明早已奏请王上派兵接回为大陈而殉的将士，让他们得以回故土尸骨安身。

芮妤婳一事必定与安令奇明脱不了干系。

"何事？"安令奇明揣着明白装糊涂，见神东迟迟迟未回应，他蓦地放下手中陶罐壶，长嗟一声，“异国将翁主芮妤婳嫁于羌国二王爷，芮妤婳却在大婚当日暴毙，为瞒天过海，只得将芮妤婳的贴身侍女嫁过去。”

神东迟眸色一敛。

安令奇明收回打量他的目光，继续道：“哪知那侍女性子也烈，忠心对主，假意嫁去羌国，在洞房花烛夜杀了色欲熏心的二王爷。”

羌国二王爷身亡，羌国盛怒，借此施压异国。

两国各怀心思，为谋己利。

异国世子胆小如鼠，生怕丢了自己的小命，竟公然挟持腹中怀有他孩儿的世子妃以求回异国。

羌国一国之君当机立断，当场救下世子妃并就地处死异国世子。

异国闻世子之死讯，急红了眼，立即下令为世子报仇，却不敌羌国连连战败，最后被羌国占领疆土，直逼王宫，异国就此沦为羌国一附属地。

“我若不带异国翁主芮妤婳回来，她怕是就此无名埋于死人堆里，”安令奇明凝眸，“至亲之人死于眼前才最叫人痛心疾首，深感无能为力。王上这段时日悲痛过度力不从心，虽有缪岑元帮他处理政务，可他终究初出茅庐，朝中人心不稳、人脉未广、地位堪忧，扳倒他易如反掌。”

神东迟心中倏然一紧：“师父。”

“凡事预则立，不预则废。”安令奇明扬狩衣衣袖，眸中闪过一丝阴鸷，“内廷人心早已各自谋算，便是我不做，他人也是要做，不如让我先夺下这权力定人心，稳朝纲，也免得陈国因争权逐利而四分五裂。”

见安令奇明胸有成竹之姿，神东迟顿感不妙，从芮好婳随归故土的大陈将士回来那一刻，一切都已筹谋成局了。

安令奇明喊住转身欲出殿的神东迟，步步紧逼：“你说助师父登上阴阳师的头把交椅，一人之下万人之上，现在，我不仅会坐上这头把交椅，我还会坐上龙椅。”

安令奇明见神东迟毫无回应，遂搬出了仙岁然：“你不是喜欢那丫头吗？待师父坐上宝座，便赐你与她成婚。她若听话安分做你的妻子，我便让她能续命保魂魄不散。”

神东迟踌躇不前，他动摇了，若安令奇明真能续然儿的命且保她魂魄不散……

殿外嘈杂，引得神东迟心绪不宁。

安令奇明露出一切尽在其掌握中的得意之笑：“现在我们该去宣殿觐见王上了。”

神东迟敛起愁绪，一趋一步地跟着安令奇明前往宣殿。

05.

宣殿内外已被安令奇明所安插的人控制，只等安令奇明一声发号便能擒下大陈的一国之君。

安令奇明喜形于色，再入宣殿已不是臣服王上为王上分忧解难的心境，浅踏踩在青石板上，他环顾宣殿，心中顿起如坐拥整个大陈之意。

王上仙枝莨端坐在正上座，浑身因有阴阳法之缚动弹不得，他居高临下地睨一眼恣睢的安令奇明：“安令奇明。”

闻声，安令奇明拢了拢袖：“王上，臣今日怕是行不了礼了。”

安令奇明挺直脊背，他不想多费唇舌，功亏一篑败在这一刻，挟持君王乃是忤逆天道，自心中贪恋一起，即使逆天道而行，他也要独揽大权！

谁也不能阻止他！挡他者亡！

安令奇明眼中闪过一丝狡诈，吩咐神东迟："替师父杀了他，那整个大陈便是我们的了。"

神东迟怔在原地，抬头瞧了一眼临危不惧的王上仙枝莨，从当带里抽出蝙蝠扇，徐徐上前，脑海中仙岁然的脸一瞬即逝，攥着蝙蝠扇柄的手一顿，他心里早就做好了选择。

神东迟拾阶而上，脚下一顿，身子蓦然一转，手中的蝙蝠扇如利刃直朝安令奇明飞去。安令奇明早有防备，轻而易举地躲过神东迟的偷袭。

蝙蝠扇未伤到算计之人，掉转回到神东迟手里。

他既已选择了站在王上这一边，便意味着他与师父安令奇明自此一刀两断，师徒情分尽散。

安令奇明眸里盛着失望与愤怒，咬牙道："好啊，我养了多年的弟子竟为一女子与我对立！今日即刻起，你我师徒恩断义绝！"

神东迟紧攥着蝙蝠扇柄，他是为了然儿，给她一个安定之方，但也是为了大陈，大陈疆土怎可落入他们阴阳师的手里？即便是拥有了至高无上的权力也会被天下人所耻笑！他的师父早已不是当初倾尽心力教导他的人了，曾经的师父在他心中早已死了，现在眼前的师父早已权欲熏心。

安令奇明忽而抬手，利用阴阳道法扼住神东迟的脖子，他心中早已对神东迟生疑，自然对他有所防范，他情根深种，断不会以仙岁然的命冒险。

他将他的第一滴眉心血锁于鼎炉内，他为了她便会取第二滴眉心血为引做佛木符。那符中他早已施了术咒，仙岁然若戴了便是催命符，神东迟不顾阴阳禁法以眉心血炼符，触犯阴阳禁忌，自伤元神，阴阳术法耗着心力，道行折损。

嗬，为了一个将魂飞魄散的女子！真是丢了阴阳师的脸面！

安令奇明一发狠，蓦地将神东迟狠摔撞上墙，神东迟背脊一抵倏地下坠，心口如针扎般刺痛。

神东迟拧眉艰难起身，见安令奇明要对仙枝莨出手，他眼疾手快地飞出蝙蝠扇以挡术咒之力。

此举彻底惹怒了安令奇明，他面露凶狠，掌心里黑红血焰熊熊燃烧，千钧一发之际，火焰忽灭。

安令奇明大惊失色，他的阴阳术法为何衰退如此？

他忽而想起神东迟每日准时请安奉茶，那茶的香味似有异常。

安令奇明语音轻颤：“你……”

神东迟忍着噬心之痛往前迈了几步，嘴角微挑，安令奇明对他有防备之心，他亦是留了一手。

若凭他全部阴阳道法也未必是安令奇明的对手，不择手段也要赢得胜利，这句话是安令奇明教给他的，他万不敢忘记。

缪岑元带禁军入宣殿，将安令奇明与其手下包围。

安令奇明了然一笑，这是聚而歼之啊。他冷冷看向坐于上座的仙枝莨，露出嘲讽一笑：“哪怕你位高权重又如何？还不是被我术咒缚于原地，此法唯有我可解。”

“父上！”仙岁然忽而从殿外闯入，她心忧父上安危。

哪知被围困的安令奇明突然发狂，解脱被禁锢的阴阳术法将围堵他的侍卫掀翻在地，劈掌直冲仙岁然而来。

“然儿——”

仙岁然忽觉冰寒袭来，来不及闪躲，本以为掌法会径直劈在她的身上。

一抹身影倏忽倾身，以己身护她，掌法如冷峭寒风掠过她耳畔青丝，耳畔是他强忍疼痛的闷哼声。

“缪岑元。”仙岁然轻喃着他的名字。

安令奇明见一掌未震碎她的魂魄，便又聚念凝力欲拖个人陪他一起下地狱。

见状，神东迟咬牙起身，从将士手中利索夺走剑，光影蒙了仙岁然眼一瞬，便是这一瞬，安令奇明被一剑封喉。

神东迟垂剑背对安令奇明而立，他曾尊称为师父的人，如今却以血为祭送他一程。

鲜血肆意淌过锋利的剑刃，滴落在地，绽如红梅。

安令奇明一死，他所种下的阴阳道法不攻自破……

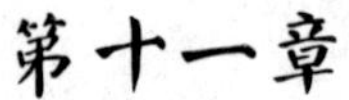

第十一章

◆

- 娶你为妻，是我福分。

01.

择一静谧清幽之地，藏于不问尘世山林，她不知道王叔与妤婳姐姐可喜欢这幽静之地。

偶闻鸟鸣脆声，时听山涧溪水。

水碧山青，兴许与他们心中所念不谋而合。

仙岁然蹲下身，将酒樽斟满花酒酿：“妤婳姐姐，我知你心善，所以到如今才如实相告，你的母族……异国已被羌国收为一方，异国所有人等皆为羌国庶人。”

死，也许是他们的解脱；可活着，才是对他们的惩罚。

往日令妤婳姐姐心伤之人都落了个自己该得的下场。

琉璃手拿大氅缓步靠近：“公主，春意未融了冬雪，还是小心别冻坏了身子。”

“琉璃，”仙岁然望着碑文红了眼，“你说，王叔与妤婳姐姐现在过得可好？”

“定是做了一对令人艳羡的鸳鸯，自此天长地久。”

“那便最好。”仙岁然手抱着暖手筒，猛咳一声，吓得琉璃皱眉倾身。

“公主？”

“你看我着实成一病秧子了。”仙岁然自嘲一句，朝眼底泛红的琉璃露出一笑。

今年严冬尤为漫长，若不是连日不休进补汤药，她都不知道能否撑至她与缪岑元成亲。

思及此，她忽而脱口而出：“今年冬天可真冷呀。”她强忍着几乎夺眶而出的眼泪，望向天上飘飘忽忽的云。

“公主，我们回宫吧，驸马爷已在山脚凉亭下等候了。”

仙岁然与琉璃自山间拾级而下，遥遥一望，便瞧见凉亭旁驻足的那抹挺拔之姿，举手投足间依旧是她心中所念的翩翩少年郎。

仙岁然细眉轻拧，他伤势刚愈，不是让他在殿内休息吗？怎顶着寒风来此?

仙岁然还未开口嗔怪，缪岑元便先发制人：“天寒地冻的，你不怕冻了你的身子？”

她瞧着他紧握住她的手，为她哈气搓暖，她心中便如燃了小火炉似的。

眼前的他，是她仙岁然的夫君，他说，他要娶她。

他娶，她便嫁。

生命如烛，总有燃尽的一天，她不过比他人燃得更快些罢了。若要她放弃，她可舍不得她费力追来的好好夫君便宜了他人。

哪怕说她自私，她也想与他执手走一遭，也不枉她白来人世间一趟。

琉璃见状，识趣退下，由着他们缱绻绵绵。

“我让我的夫君空等了多久？”她盯着他冻得泛红的耳尖，面露心疼。

缪岑元手轻拨了拨她额角青丝，吐露道：“自你降生那刻，我就与你定下婚期，我便等你嫁与我为妻。”他轻拥她入怀，“从那时起，我便在等了。”

仙岁然抬手轻揪住他冰冷裘袍，清泪滑过她的脸颊。

山林间风起鸟鸣，缭绕林雾蒙眼。

他以他血暖她这副冰冷空躯，父上为她一夜白了头，母上为她费心耗神，神东迟亦为她折损半世阴阳修为。

她不过一缕犯了地宫大忌投胎重生的魂魄，若不是偶然成了人胎肉身重生为人，她怕是遇不上她所爱的人。

一尝人世酸甜苦辣，值了。

02.

神东迟大义灭亲手刃其师保陈国国基稳固，美名远扬。

可此举却让朝中本就对阴阳寮不满的人对他的狠戾忌惮，一个为了坐稳阴阳寮阴阳师之位而亲自手刃教导他多年如父的人，心思何其深谋狠毒！

朝中之人联书奏本王上：此人万不可留啊！

王上仙枝莨深知朝臣对阴阳寮有所顾忌，可他仍以一人之力压制朝中四起流言，力保神东迟的阴阳寮阴阳师之位。

若非神东迟深明大义，行事果敢，仙枝莨王位又如何能坐到今日，陈国民生又如何安定？此番神东迟功不可没，他断不会因为他人的蔑言秽语便冷落了有功之人。

阴阳寮内萧索，若不是高台烛火轻曳，垂地帐帘舞扬，偶有式神四窜传令。

此处便真荒无人烟了。

式神通禀，方见神东迟一袭白色狩衣踏步而来、头顶立乌帽子、手执蝙蝠扇，如初见一般，却早已时过境迁。

“然儿。”他仍唤她名，一如从前。

“神仙，”须臾，仙岁然才缓缓启唇，盯着他的眸里泛着晶莹泪光，他为她做了很多事，可她却无以为报，“我听说……你向父上辞了阴阳寮阴阳师之职，将安令奇明的骨灰送回故土安葬？”

“嗯。”神东迟眼尾都带着笑，经过此番，他想通了，他只愿他的心尖人平安喜乐，足矣，“如今陈国安定，羌国亦与陈国达成交好，我便是要回去的。”

“下月初一，是我为你与缪岑元算的一卦良辰吉日，”他顿了顿，“我……恐怕要错过你们成亲观礼了。”

“如此匆忙？”

神东迟努力让自己的神情瞧着欢喜，点头：“就当我已喝了你们的喜酒吧。”

神东迟命式神端来一盖着丝缎的木屉，眼神暗藏坚定，他掀开丝缎，木屉中央放着一印有“囍”字样的糕饼。

“里面是你最爱吃的粽子糖馅料，有玫瑰花、饴糖、松子仁，我亲手做的，也不知合不合你的口味。”

仙岁然唇畔微扬，接过他手中的糕饼，轻咬一口，香甜软糯。

神东迟眼里藏不住的深情，却在她抬眸之际，敛回视线："然儿，我有一不情之请。"

他直勾勾地望着她，踩着浅踏倾身靠近，宽长狩衣衣袖一扬，将她轻覆在他怀里，她的脑袋轻抵在他的胸膛，犹如给他的心贴上一记安神符。

拥她入怀，他似拥有了全部。

"我会再回来，你要等我，那时……我给你做那儿的樱叶糕，如桃花掩于绿叶中，你定会喜欢。"

"好，神仙，一言为定。我……会努力等你归来之时，定要尝一尝你亲自做的樱叶糕。"仙岁然眸中晶莹涌出眼眶，她自知自己身子虚空时日无多，犯地宫大忌的业障轮回就要到头了。

她能拖着这病弱身子骨嫁于缪岑元为妻，已是上苍开恩了。今年的严冬走得特别慢，她不知能否挨过去，神仙，而今一别，怕是再无缘一见。

神东迟瘫坐在地，垂眼瞧着空荡荡的木屉弯唇一笑，笑得令人心疼。

他耗尽阴阳师修为与最后一滴眉心血所制糕饼予她，虽无根治之效，却能换他们多一些厮守时日，愿他所慕之人心想事成，也愿她能躲过此劫与她心中之人白头到老。

神东迟仰头靠在高台侧柱，阴阳寮内风骤停，高台烛火悉数尽灭，四两式神元神尽毁……

如今，他同常人无异，再无阴阳修为与术法灵力……

03.

渡口发船鸣笛声悠悠，船工从系船柱解开船缆猛力一抛。

柁楼三重，底尖上阔，首尾高昂，设有四层，其傍皆护板，护以茅竹，竖立如垣，其帆桅二道。

神东迟从三层淡水柜爬梯而上露台甲板，冷风刺骨，风蹿过他的眼角，似将他的目光带向远方。

他似瞧见了她一身绯红喜服，回眸一笑倾城，可惜……他瞧不见了。

身后窸窸窣窣的声响轰然靠近，海浪忽翻卷而起撞击着船体，神东迟眸色收紧，利落一偏头，躲过蛮横快准狠的致命一刀。

神东迟猛然后退至板翼，不动声色地护紧身上的包袱，目光紧盯着敌人高举的武士刀，只见对方嘶吼一声，斜挥着武士刀步步紧逼，看准了时机倏忽冲过来。

神东迟眼露阴鸷，从当带利索抽出蝙蝠扇吃力一挡锋利武士刀。

来人杀气腾腾，刀刀狠毒欲置他于死地。

“何人派你来的？”话落，神东迟咬牙一顶蝙蝠扇，来人木屐嗒嗒后退，武士刀在甲板上刺啦划过，刺耳至极。

对方不语，偏头往地上啐了一口，眼神阴狠，武士刀斜举至月代，小袖高卷，羽织肩衣下两寸之地露出神东迟最为熟悉的文身——鳞羽文身，安令奇明的暗侍追随者。

神东迟嘴角轻扬起一抹微不可察的笑意，看来是来向他索命来了。

举刀一声号令，甲板上蓦然多了一众身穿黑纹袖口羽织将他包围。

神东迟指节屈紧，紧攥着包袱一角，沉着应敌。

三人齐步冲来，神东迟身手再了得，也躲不开三把武士刀，且他一身阴阳修为耗尽身子仍未缓过来，面对如此强敌，也只能咬着牙抵抗。

躲过直刺他心脏的武士刀，却躲不过从侧后方突袭的武士刀，狩衣衣袖被划开一道口子，不待他喘口气，前方又一武士刀直逼过来，若他慢半分，武士刀便会割开他的脖颈。

众武士交换眼神，木屐一踏，欲速战速决，群起进攻。

神东迟眸中闪过一丝武士刀的光影，躲闪不及，正砍中他的左肩，鲜血倏地染红白色狩衣肩头。

——“我会再回来，你要等我，那时……我给你做那儿的樱叶糕，如桃花掩于绿叶中，你定会喜欢。”

他不能死，绝不能死！他要活着，他想活！

神东迟咬牙怒嗟一声，用蝙蝠扇挑开一把砍入肩头五分的武士刀，他猛踹开眼前的人，却被如海浪涌上前的敌人一刀刺入心脏。

神东迟额头青筋暴凸，微颤的手猛地抓住刀柄毫不犹豫地拔出来，鲜血直溅甲板，海浪啸声直扑耳畔。

他恍然觉得周遭一片黑暗、沉寂，不计其数的武士刀直插入他的身体里，似捅破了他的五脏六腑。

手无力地垂下，身上的包袱不知被谁挑破忽而坠地，砸在甲板上“咯噔”一声，划破的壶装束摊散在地，她予他美好愿望的竹雕容器在甲板上随船身摇晃滚了一圈又一圈，袖括轻飘如柳絮下落。

神东迟蓦然跪地，口吐鲜血，袖括随风飘至指贯，骨节明晰的修长手指在甲板上轻碾，紧攥住袖括，紧皱的眉头忽而舒展。

有人瞧不明神东迟脸上的笑意，顿觉他对以安令奇明为首的阴阳阁不敬，心中怒气一冲，使尽了全力猛踹在他鲜血肆流的伤口上。

气力之大，直接将神东迟踹抵在板翼上，板翼年久失修架不住如此强力，“咔嚓”一声破裂入海，神东迟忽觉身子下坠……

“砰”的一声，溅起巨大涛浪，神东迟的身子没入白如绒花的海浪中，严冬海水刺骨钻心，可他不觉得冷。

半闭的眸中忽闪过仙岁然的笑脸……

他依旧记得清楚，她缠着闹着要做他的守辰丁，她说，他是神仙，那她便做他的小仙。

神东迟闭上双眸，耳畔是烟花四起的声响，她穿上壶装束缓缓走来，风挑起市女笠的垂绢，露出她的面容，一颦一笑，顾盼生姿……来年的天神祭，他怕是要先违诺了……

神东迟紧攥着一截袖括直直坠沉，直至暗无天日的海底，死在故土，守着他的心尖人，也算是……落叶归根了。

然儿，真希望……来年可期。

04.

“嘭——”瓷碗碎裂坠地，碗里的花生、桂圆、莲子悉数尽散。

动静闹得王后喆苏执木梳的手一顿，见状，琉璃行礼循声出内殿去瞧个究竟，原是新来的小侍女未见过如此盛大的场面，一时紧张而酿了错。

仙岁然侧头张望：“要不我去瞧瞧？”

王后喆苏轻按住她的肩膀，心里跟明镜似的：“坐立难安、探头探脑的，紧张了？”

“不紧张。”仙岁然脱口而出，可脸还未涂胭脂便已染上了霞红。

果然，还是什么都瞒不过母上。

王后喆苏瞧着近日气色渐好的仙岁然，嘴角溢笑：“姑娘家出嫁是人生的头等大事，紧张难免。

“来，坐下，母上替你梳头。”

王后喆苏瞧着铜镜里水灵灵的人，眉梢染上笑意，执梳梳理青丝，朱唇慢启：“一梳，梳到尾；二梳，白发齐眉；三梳，梳到儿孙满地。”

仙岁然抬眸便瞧见母上强忍着泪，笑得如往日般温柔：“想不到那个整日唤着父上与母上的奶娃娃今日都要嫁作他人妇了。”一双素手轻裹着她的手，“无论发生什么，你都是我与你父上的女儿，既相遇即是缘。”

“母上。”仙岁然眸中含泪，她不过一缕魂魄，怎配拥有世间最珍贵的爱？

王后喆苏轻揉去她眼睑上的泪，轻嗟一声：“我的然儿今日真美，可别哭花了妆。”

旗锣伞扇摆开，宫中高柱都披上了胭脂红的纱幔，由风一吹，如殷红云团轻浮。红绸锦色铺至汴京城的缪府府邸，十里长灯如缱绻星辰，宫人悉数换上喜庆婚服，立于红绸锦色两边。

宫女一手提着木篮，一手撒着违冬寒而强绽的桃花花瓣，殷红花瓣如漫天雨缀在仙岁然的绯红霞帔上。

风起更甚，扬起仙岁然拖曳及地的喜服尾摆，边缘滚寸长的金丝缀如火星子轻舞。

琉璃小心地搀扶仙岁然走向遥在宫门前一拢红衣等候的缪岑元……

场面甚大，王上与王后因王宫规矩立于宫殿前，遥遥瞧着仙岁然的身影越渐模糊。

王上仙枝莨见王后喆苏抑制不了泪，手攥金丝袍服袖轻拭她的泪：“今日是然儿大喜之日，我们应高兴地送她出嫁。”

仙枝莨紧握住她的手，哽咽道：“再说，缪岑元府邸就落在汴京城内，你若想然儿了，我们便不请自去。”

喆苏本想佯装是因吹了风而眼眶泛红，却掩饰不了，索性道：“妾身一时不舍，让王上看了笑话。”

喆苏回握着仙枝莨的手：“王上，没想到从前日日缠着我们的然儿，今日都成亲了。”

“是啊，”仙枝莨感喟道，“似水流年哪。”

他依旧记得当年走路都不稳的小娃娃第一次喊他父上的情景，他曾想将世上最美好的一切都给她……如今，她都成亲了，多了一位爱她怜她的夫君……

他只愿他的然儿此生顺遂如意，一世平安……

这条红绸锦色绵延至宫城门，仙岁然一路曳曳生姿缓缓走向他，他只觉这恍若一场梦。

天边滚来一团乌云，风起而盛，挑开仙岁然盖在珠玉凤冠上的红盖头。

金丝步摇脆声作响，仙岁然微微抬眸，便见她的翩翩少年郎一脸温柔如春风，暖了她的心窝子。

今日的他一袭绛红色黑边金绣锦袍，尊荣贵气。

他倾身靠近，执过她的手紧紧攥着，似想将他的暖意尽数给她：“然儿，今生遇你、娶你为妻，是我福分。”

缪岑元从衣袖中掏出她亲手为他做的衿缨，他亦是亲自绣上他与她的名，愿白头到老。

衿缨上所刺的字歪斜无美感，缪岑元忸怩不安的模样落入她的眸中，她唇畔轻扬，着实想不到堂堂七尺男儿如何穿针引线。

他偷瞥她一眼，心里越加不安：“嫌弃？”

仙岁然轻摇头，步摇轻曳：“不嫌弃，一辈子都不嫌弃。”

仙岁然笑颜绽如蜜花，与缪岑元目光交汇，相视一笑。

缪岑元，今世与你相逢，嫁你为妻，是上苍施舍予我之福。

乌云卷卷随风而浮，趴爬屋檐上的游魂散鬼望眼欲穿，如今内廷上空没了阴阳寮的庇佑，他们忍饥受渴数年，静待时机。

循迹而来的拾魄者乘云而来，眯眼瞧着红绸锦色上那抹红装窈窕的身影蹑足附耳，肉身人气微弱，魂魄之息渐显，地宫禁忌的因果业障……开始了……

05.

汴京城中，一记欣喜若狂的叫喊从缪府内传出。

路过之人惊诧须臾，便恢复平静，自公主仙岁然与驸马缪岑元成亲以来，两人的性子便如互换了一般。

一听这溢于言表的喜悦之音，便知是性情大变的缪岑元了。

不过，任谁瞧，都是一对恩爱异常的小夫妻。

坊间传有一言：嫁人当嫁缪岑元。

琉璃搀着仙岁然从厢房内跟出来，便见缪岑元在府院中如孩童般四窜，惊得周遭的奴婢往后一避，面面相觑，满腹疑虑：今日驸马又唱的哪出?

仙岁然望着缪岑元的眉眼里满是爱意，哪知下一秒缪岑元便如一阵风疾步而来，动作轻柔地抱起仙岁然，惊得仙岁然双手紧环住缪岑元的脖颈。

府内奴婢一脸司空见惯，唯独琉璃见状，紧张兮兮地提裙上前："驸马，您小心点儿。"

缪岑元抱着仙岁然转圈，难掩激动地仰天大喊："我要当爹了！"

仙岁然紧闭着眸，嘴角止不住地上扬，青丝如绸旋绕，轻声道："缪岑元，快放我下来，我头晕。"

一听这话，缪岑元立刻将仙岁然放下来，紧张到手足无措："难受吗？"

仙岁然瞧着他这模样，忍俊不禁："无妨。"

琉璃皱眉叠手，幽怨地嘟囔："大夫都说需静养，如此伤着了腹中胎儿可……"

缪岑元哪还听得进去琉璃之言，惴惴不安地弯腰轻摸着她的小腹：“然儿，你可觉得身子哪里不舒服？”

见仙岁然不语，缪岑元急了，一挥衣袖：“快，将喻大夫再请回来！”

仙岁然猛地捂住缪岑元的嘴巴，示意他噤声，她可没那么娇弱。

不过是遇喜头晕，难免身子虚弱，他如此过于紧张不免让府内的人瞧了笑话。

官居正二品，朝廷上行事手腕果敢不苟言笑，若让旁人知道他在府内犹如换了一人，不知又要掀起怎样的风浪。

幸而邻里间和气融融，坊间虽一清二楚，却从未传至朝廷有心之人的耳里，以落把柄。

缪岑元抬手紧握住仙岁然的手，语调微颤：“然儿，我们要有孩子了。”

早春三月，她遇喜了，有了与缪岑元的孩子。

仙岁然低眸浅笑，被缪岑元轻拥入怀里，耳畔鸟鸣、鼻间花香，这真的是严冬飘雪过后，春暖花开最好的礼物。

第十二章

◆

- 提灯缓步而行，
她的少年郎近在咫尺。

01.

她做了一梦，梦里她与缪岑元牵着他们的孩子春日踏青、夏日戏水、秋日赏枫、冬日望雪……

梦醒，她睁开眼，厢房内全无烛火，半开窗棂月光微洒，床侧另一处空着。

她披衣起身，府院中静谧无声，府外更夫敲锣报更，已是卯时。

仙岁然循着后厨微弱烛光前去，微弯着身透过窗纸去瞧，缪岑元正亲自为她熬着每日一碗的汤药。

缪岑元吩咐府中下人，天亮前厨房不许人踏足，且每日汤药不经下人之手，全是他亲自熬制。

他每日熬完药便要梳洗更衣进宫上朝，但都会亲自看着她将药喝下去才肯出府。

从前她因身子疲倦便起不来身，如今怀有身孕更似倦怠，今日若不是做了一梦惊醒，她怕是也不知他竟如此之早。

仙岁然手轻抚着小腹，正欲推门而入，却偏巧瞧见他割破手指，将血滴入熬制的汤药中。

难道……他每日以血为一味药?

仙岁然指节攥得发白，转身如败者而逃，眸中晶莹在月光中熠熠，她终是没有勇气推门追问。

胎腹一动，引得她顿步，头晕难忍，血腥猛地从喉咙里蹿出来，仙岁然以手挡口，鲜血却沾染了她纤纤手指。

体虚身亏，仙岁然只觉眩晕，身子一软如绵云坠沉在一人怀中，鼻间是他身上熟悉的清甜醒神的味道，她听见他在唤她，可她却是怎么都睁不开眼。

待仙岁然醒来已是日上三竿，她只觉喉咙闷痛，全身乏力。

见状，琉璃照吩咐将药端至床侧，伺候仙岁然喝药：“公主，喝药吧。”

仙岁然心口一窒，扬手一挥掀翻汤药，药碗坠地，惊得厢房内侍候的奴婢身躯一震，她们不知温婉的夫人因何故发了脾气。

琉璃一脸惊讶，轻声道：“公主。”

仙岁然别过脸，抱膝窝于床榻角落，不让人看穿她的情绪：“从今日起，我不会再喝药了，你们都退下。”

厢房内奴婢躬身行礼拜退，唯剩下琉璃怔在原地。

“公主。”琉璃挪步上前，眼眶泛红。

“你也知情是吗？”仙岁然紧咬着下唇，缪岑元以血入药，琉璃近身伺候她喝药，他们根本就是早已串通，只有她一人被蒙在鼓里。

“公主。”琉璃无从辩白，她知驸马以血为引入药是真，听驸马之言装无事伺候公主喝药也为真，但他们这么做……是为公主好啊。

缪岑元入厢房，目光扫过地上的汤药与瓷碗碎片，又望了一眼缩于床榻角落里的仙岁然，如鲠在喉。

“琉璃，你先出去。”

琉璃一听驸马发话，只得抹着眼角的泪退出厢房，此事唯有驸马才能一解公主心中郁结。

缪岑元踱至床侧，瞧着故意躲避他视线的仙岁然，心如被刀子狠扎了似的。

“然儿。”他轻唤着她的名，手还未触碰到她的指尖，她整个人便往里缩了缩。

“我都是为你好，”缪岑元哽了哽喉，如实说，“大夫诊出你身子本虚，此番怀孕易有凶险，若因为孩子而耗尽你的气神，我万万不许。”

“我本就是苟活之魂，若不是因为你与神东迟，我怕是挨不过这个严冬。”仙岁然红了鼻头，肩膀因抽泣而颤抖。

缪岑元哪能见得然儿哭，云袖一扬，将她揽入怀中，手轻抚着她瘦削肩头：“然儿，我只想……与你白头到老。”

她何尝不想，可她命数已定，再如何也无法与天宫地府斗。

“我不想你因我而受伤。”仙岁然紧咬着唇，她为何……偏偏是犯了地宫大忌的一缕魂魄？

“然儿，无论来日有多长，我都陪着你，你莫怕。”只要他活着，他拼尽气力也要护着她……护着她与腹中的孩子。

“我不怕死，”仙岁然环着缪岑元的脖颈，清泪肆意淌过脸颊，“我只怕留下我所爱的人孤独于世。”

凡世间，人都躲不过生老病死，可她想活下去，奈何……俟河之清，人寿几何。

仙岁然执起缪岑元的手。十指连心，他却为她反复割伤十指，旧痂未好，又添新红。

望着她泣涕如雨的模样，他心中不忍，指腹轻拭她的泪。

“别哭了，你还怀着身孕呢。”

“缪岑元，”仙岁然执过他的手轻覆在她的小腹上，“我想为你生一儿半女，想瞧瞧你儿时的模样。”

缪岑元轻揽着她的肩，倾身轻吻上她的额角，他愿以他阳寿下赌咒，只求她能与他携手共度余生。

02.

仙岁然虽日日喝以血为引的汤药，可身子仍疲倦乏力，脉象气虚不稳，胎象异常。

大夫连日进出缪府，愣是无对症之方。

府内更是流言四起，更有甚者说亲眼瞧见夫人仙岁然魂魄离身，说仙岁然真身乃是妖怪。

为平定人心，也为了仙岁然不过分思虑，缪岑元将所传流言之人全部赶出府。

因仙岁然身体抱恙，回宫省亲一事多加耽搁，为不让王上与王后心中起疑，也为免谣言以讹传讹、三人成虎，缪岑元只得以谎言相禀——头回怀孕，体虚身乏，不愿走动。

王后虽心中挂念，但闻缪家主母已居于汴京缪府照顾然儿起居，她也不好插一脚以免缪家主母心生嫌隙。

因然儿头回有身孕，王上特令缪岑元于府多陪陪然儿。

缪岑元告假回府，便让人将一马车的物什都送入府，一人接一人抱着物件入缪府，进出厢房，阵仗之大，堪比大婚那日了。

仙岁然听闻动静，便让琉璃扶着她出来瞧一瞧，人手怀里抱着一宝箱，箱外金色封绦她最熟悉不过，父上与母上这是将宫里头的物什都搬来缪府了吗?

“然儿，”缪岑元一身官服未褪，便见仙岁然驻于风口，他立刻解下外披的官服搭于仙岁然的肩头，“春日风大，小心着凉。”

“无妨，我坐了半晌，听闻动静正巧起身走走，”仙岁然手轻覆在小腹上，“我听有经验的老妪说身怀有孕就得多走一走。”

缪岑元倏地打横抱起仙岁然，他才不管府院内来往人多与少。

琉璃识趣地退后些，不动声色地掖了掖仙岁然的薄刺绣披风。

瞧着缪岑元上扬的眉尾，仙岁然脸微染上绯红，不好意思地骨碌转悠眼珠，手轻蜷握拳：“别人都瞧着呢，缪岑元，放我下来。”

“不放，”缪岑元眼神里透着坚定，“一辈子都不想放。”

缪岑元抱着仙岁然拾级而下，语气宠溺：“你不是说要走一走?我正抱着你走一走。”

仙岁然轻捶了捶他的胸口："强词夺理。"可眉梢里却有藏不住的笑意。

春风微扬起她耳畔青丝，仙岁然微弯唇畔，倾过脑袋以迅雷不及掩耳之势轻吻上他的脸。

琉璃在旁，羞得没眼瞧，不过……公主与驸马若一直这般厮守下去，该多好。

03.

赶集日，汴京城内五更天便已热闹非凡。

自打小腹渐显，仙岁然虽觉疲乏却不易入睡，她头枕着缪岑元的胳膊，听着他熟悉的呼吸声，只觉心安。

"然儿，"缪岑元头微侧，轻吻了吻她的额角，嗓音因倦意嘶哑低沉，"怎么不睡了？"

仙岁然脑袋往他怀里蹭了蹭，皎洁月光透过窗棂洒在床榻上，映着她眼底的血丝："睡不着。"

缪岑元将她搂得更紧，下巴轻抵在她的青丝上："是不是腹中孩儿扰了你？"

"若是孩儿扰的，我甘之如饴。"仙岁然伸手轻环住他的腰，她近日夜夜噩梦缠身，脑海中总闪过往生的事，追魂之人的长鞭似紧紧勒住她的脖颈……

“已是寅正四刻了，我去为你熬药。”缪岑元手轻抚了抚她的肩头，欲起身之际却被仙岁然揪住了内裳袖子。

缪岑元如被定住了身子，她微攥着袖子的手轻颤，似努力抑制着心中忧思。

“历年的赶集日都人山人海，热闹不亚于面具庙会与乞巧节，想去瞧一瞧吗？”

“嗯。”她想去瞧一瞧，恨不能将所有美好风光都收入眸中。

铜镜前，缪岑元弯腰仔细地替她以黛画眉，轻捏着宽大云袖收尾，颇为满意地拿起小铜镜：“你瞧瞧可还满意？”

仙岁然左瞧右看，着实挑不出瑕疵，忍不住打趣他：“以黛画眉如此之好的技能是否是因你往日常流连于云喜阁？”

缪岑元欲哭无泪：“夫人冤枉哪。”起调的戏腔让仙岁然扑哧一笑，扯得小腹坠疼。

见状，缪岑元心急如焚：“怎么了？”

仙岁然扬起抹笑意，嘴上虽道无事，可手紧压着小腹方能缓解苦楚，偶有见红之兆，她怕……保不住这个孩子。

轿夫已在府前等候，琉璃为备些所需之物忙前忙后，缪岑元将她照顾得体贴入微。

可她终究没有赶上这热闹。

仙岁然只觉眼前忽暗，小腹乍痛，耳边是琉璃撕心大喊：“公主！”

缪岑元手攥着披风从里屋跑出，远远地便瞧见月白色襦裙下血红染了大片，如火烧云染红了渐露鱼肚白的天空。

“然儿，”缪岑元蓦地丢下手中的披风疾步奔去，“然儿！”

仙岁然身子似被抽掉了所有气力，她这副身子如同负累，无数双眼睛虎视眈眈地盯着她……

她与孩子，有缘无分……

04.

桃花香四溢，嗅之让人心神安宁。

夜色如幕布，远处悬于半空的花灯如火星子般，她不知琉璃为何将她带来此地，虚弱开口：“琉璃，来此地作甚？”

琉璃忍着泪不语，将手中提着的灯笼塞到仙岁然手中，转身消失在夜色中。

仙岁然心中慌乱：“琉璃？”她因身子虚弱无力追上，只得作罢。

带她来此地，定有深意，能唤得动琉璃做事的除了她也只有缪岑元了。

仙岁然缓缓转身，望着远处的花灯愣怔，忽觉熟悉，往日她好似来过此地。

仙岁然提灯缓步踏过木桥，越走近不远处的桃花树瞧得越真切，树下那抹背影她只瞧上一眼，便知是谁。

——风起桃花香，只待有缘人。

她忆起了——

那年的面具庙会，她曾与琉璃偷溜出宫，听闻传言在此桃花树下祈福求愿，便能折一朵命中注定的桃花。

她许的愿是：风起桃花香，只待有缘人。

如今，她的愿成真了，她等来了她命中之人。

只是……她想贪心再许一愿：与相爱之人厮守余生。

仙岁然提灯缓步而行，她的翩翩少年郎近在咫尺。

春夜的风吹得身子发颤，仙岁然红着眼走近，早知来见她的少年郎，她怎么也得抹点脂粉、涂点唇脂而来。

缪岑元一袭蓝灰的缎子衣袍，腰系玉带，佩以她予他的衿缨，站在桃花绽放随风飘舞的树下，轩然霞举，让人不舍移开目光。

他迎上前，未绾进银玉发冠的乌丝随风轻扬，长袖一揽，便将她轻拥入怀。

她能感觉到他的体温以及他身上熟悉的清甜醒神的味道，温暖裹身，眼皮越渐耷下。

“然儿，我可曾对你说过，心悦于你？”

仙岁然有气无力地睁开眼，若不是他双臂撑着她，她怕是直接就瘫软在地了。

风起，吹起一树桃花。

仙岁然微勾唇畔，困意渐渐袭来：“未曾。”可他不说，她心里都和明镜似的。

他心悦她，从他的眉眼里都能跑出来让她瞧得清清楚楚。

缪岑元抬手轻捻她青丝上的桃花瓣，嗓音低沉让人深陷其中：“我心悦于你，那年庙会，你于桃花树下祈福求愿，我亦对你一见钟情；我心悦于你，为保你平安而对你故意疏离，你穷追不舍让我难抑心动；我心悦于你，此生娶你为妻乃是我几世修来的福分。”

“嗯。”仙岁然只觉魂魄要剥离身体，气息微弱。

“然儿。”半晌，缪岑元轻唤她的名，直到她应允一声他才放下了心。

“缪岑元，我好累。”

仙岁然脑袋轻抵在他的胸膛上，耳畔是各路散魂聒噪之音，更有地府之人来擒她阳魂阴魄的脚步声。

缪岑元紧揽着她的肩，眉心拧成一股：“我们已经失去了孩子，我再也不能失去你了。”

“缪岑元，”仙岁然气若游丝地开口，“我不知道有没有永远。但我清楚的是，即便我们分开了，也会再相遇。那时，我们一定会认出彼此。”

“那时，你休想再甩开我。”

仙岁然脸色煞白，她的身子她清楚，已是无力回天了。

05.

天边滚过成片的乌云，雷鸣闪电交加，振聋发聩。

猎魂锁链鞭得隆隆作响，震得仙岁然身躯一颤，魂魄剥离肉身，散去肉身一身疲倦，只待乌云一遮清冷月光，便勾去投胎转生魂魄。

仙岁然忍着肉身被散魂噬咬的蚀骨钻心的疼，哪怕她须臾便会魂魄尽散，她也想与她的少年郎多待一秒。

“然儿！”缪岑元心如刀绞，手臂收紧，恨不能将她的苦痛全部加诸他的身上。

静待时机的拾魄者伺机而动，猎魂长鞭猛然一挥，紧紧勒住仙岁然的脖颈，誓要将入凡胎重生的这缕女魂勾出来，以洗当日魂魄从眼皮子底下逃之夭夭的屈辱。

正当拾魄者勾去了仙岁然一魂三魄，还想竭力勾完剩下的魂魄时，一道轰雷从桃花树上直劈下来，正好劈中拾魄者紧攥猎魂长鞭的手，拾魄者如被火炼蓦地松了手。

拾魄者皱眉抬眸望着雷电黑雾的尽头，暗恼一声，想不到地宫的那一对神祇竟来得如此及时，就差一点……就能勾完重生苟活的三魂七魄了。

眼见魂魄就要到手，可也不想因此而被逮住关入地宫历经九九八十一鞭魂刑，无奈，拾魄者只得弃之保命。

一黑一白的身影如疾风般蹿过枯萎了半数桃花誓要追回缺失的一魂三魄。

枯萎桃花散了一地，如缎被零星铺于身。

仙岁然身子微颤，缺了一魂三魄，身子发寒渐虚，眸中黯淡无光。

“然儿。”缪岑元将她轻护在怀里，他身为一介凡人，只听得见雷电轰隆，看得见树摇花落，将她的痛苦收入眼底，却生生瞧不见她所害怕的是什么。

仙岁然嗓子干涩得厉害，她的大限……真的来了……

“缪岑元，”仙岁然微抬起手轻抚过他的脸，却怎么都抚不平他紧皱的眉头，“我……要丢下你了。”

缪岑元紧攥着仙岁然的手，恨不能将她融入他自己的骨血里：“然儿。”

仙岁然本想着洒脱离去，可眼泪却如雷鸣来势汹汹，抑不住的哭腔：“我还未能为你生下一儿半女，还未瞧见你儿时的模样，我舍不得……舍不得丢下你……”

缪岑元眉心紧拧，眼睑湿润：“然儿，别丢下我……”他愿以他命换她命，但求天地开恩。

她又何其忍心丢下他？

“缪岑元……”仙岁然唇瓣轻启，便见地宫一黑一白的神祇手执脚镣手铐立于缪岑元身后，牢锁一魂三魄再以地宫生死薄的阴阳之力缉拿犯地宫大忌重生的魂魄。

只见一黑一白的神祇手拿一摞罪状，条条列列说得亦是清清楚楚。

她本是一缕飘荡鬼魂，虽是为躲闲散拾魄者围猎，但犯地宫大忌入胎身重生一罪当鞭魂钻心。

“缪岑元，我……要走了。”仙岁然哑着嗓子，她似乎能听见魂魄被剥离肉身的撕裂声，一黑一白的神祇勾魂索命尽职责所在。

只见一黑一白的神祇唇瓣张合：“若不是不知天高地厚的阴阳师神东迟逆反阴阳纲常以其自身修为保你魂魄，你怕是早已魂飞魄散；还有这一介凡人竟不惜以他的自身五行福德以其血为你续命让你苟活至此，已是违背天地法理。”

是啊，她不过一缕无躯游荡的魂魄，若不是此际遇，她怎能在人世苟活至今？如今大限已至，不过是回到她该回去的地方。

那里幽暗凄冷，无花无草……

仙岁然看着缪岑元的脸，想轻拭去他脸上的泪，魂魄却骤然离身，轻而无躯的魂魄一瞬跌跌撞撞撞散了一树的桃花。

既已索魂勾魄，一黑一白神祇自当回地宫复命。

“然儿！”料峭春寒过，缪岑元抱着身子渐冷的仙岁然悲痛欲绝，仰天狂哮，“我愿以自己阳寿下赌咒……”只求苍天垂怜，他愿豁命换她活于人世！

桃花飘零，一头乌丝一瞬发白。

耳畔是看尽世间生离死别的好事游魂，避着地宫神祇折返而来看热闹，摇头轻叹，语气里带着哀婉：“投胎重生之魂被缉，五行福德深厚之人逆天势以血养魂护魄，为其续命乃至自身大限将至，真是惨哪。”

附和之音一片。

闷雷滚滚，乌云坠落，瓢泼大雨而至，灯笼烛火骤灭。

生时降甘霖，死亦苍天泣。

缪岑元将仙岁然抱在怀里，生怕她身子僵冷，下巴抵在她的黯然青丝上，然儿，别怕，我在这儿……守着你。

你的夫君真是个无用之人啊，爱你却护不住你……若有来世，我愿以我阳寿为引，只求与你回眸再遇……

木桥另一头，琉璃紧攥着奔回府取来的薄缎大氅，迟眉钝眼地瞧着桃花树下，缪岑元如槁木死灰紧抱着毫无生气的仙岁然，如雨中墨画。

半晌，琉璃扑通跪于雨洼中，泪涟涟地轻喃道：“公主……”

06.

公主薨落，葬于桃林。

琉璃手挽一罩篮穿林而来，遥遥却见一抹纤弱身影，她见过这女人，于缪岑景的灵堂上，她一袭丧服跪在缪岑景的灵棺前烧纸钱。

只见她被婢女搀扶走近，月白刺绣华衣裹身，外披浅蓝色纱衣，略施粉黛、容色绝丽。

“我们见过一面，”她声音柔得似一汪清泉，“我叫阮怜儿，缪家长媳。”

琉璃心中发涩，面上仍遵循礼数，自报名字：“琉璃。”

“我识得你，”不待琉璃心中有疑，阮怜儿便兀自继续道，“我见过你的画轴，哪怕画得再惟妙惟肖，也摹不出你的神韵。”

琉璃黯淡的眸里忽染上点点光亮：“画轴？”

阮怜儿从袖中掏出一锦袋交给琉璃，见琉璃一脸诧异，她唇瓣轻启：“打开瞧瞧。”

琉璃解开锦绳，里面是一支未染尘灰的桃花簪，簪尖上还刻有“琉璃”二字。

握着桃花簪的手指不由得攥紧，耳畔想起缪岑景曾说的话——

日后我要带你游遍漫山花海，为你折一桃花别与发髻。

琉璃眸中蕴泪，紧盯着手中的桃花簪发怔，桃花簪好生精致，可她再也见不到比那年更美的桃花瓣雨了。

那夜她未在公主殿中守夜，是去赴了缪岑景的约，她将公主被刺伤一事怪在他身上。

驸马行踪公主与她知，若不是她因情意缱绻向缪岑景透露，又怎会害得公主受伤，可只有她心里清楚，怪他不过是在怪自己。

琉璃清泪两行，抬眸望着掩于桃林中的公主冢，眉头缓缓舒展，嘴角扬起抹浅笑。如今，她才能向公主如实倾吐……她曾自以为的一厢情愿竟是两情相悦。

阮怜儿哀叹，眸中涟涟，终于……物归原主了。

她与缪岑景本就是门第联姻，他打小便将她视为妹妹般，全无情爱，她心中比谁都清楚。

须臾，缪府家丁黯然来报——嫡少爷病殁。

琉璃闻声，手上罩篮忽地砸地，篮盖被掀，糕饼染上灰土，花酒酿洒了一地……

自公主薨落那日起，缪岑元身子便每况愈下，纵然他人都说相思成疾，油尽灯枯……

她心中亦是了然，公主与驸马……生死相随。

07.

垣祯二十七年，陈国王上让贤，改国号为观。

恰逢七月半，蝉鸣四起，说书老儿一拍醒木，惊得混于浊骨凡胎中的众家鬼魂空躯散魂一震。

祭祀天地祖先的舞乐、慰游落孤魂的祈福之音余音绕梁，市集内孩童围着花灯猜字谜。

偏有人不凑这热闹。

已逾百年的佗狩河岸边，香蒲疯长，锦缎鞋踩出趵趵之音，惊得林中鸟一飞而散，一扎着丱发的少女手提灯笼寻她跑丢的白兔，拨开香蒲却瞧见一扎着顶髻的少年郎怀抱着她的白兔。

她看得有些怔了怔，似曾相识，兴许梦里早已见过。

少年抬眸，如画眉目撞进她的眸中，她才回过神："你叫什么？"

"庙岑重。"话落，他低下头抚着怀中乖顺的白兔，却又忍不住偷瞧着她。

"鲜岁逢。"她莞尔一笑，提着灯笼曳曳走近……

——我不知道有没有永远。但我清楚的是，即便我们分开了，也会再相遇。那时，我们一定会认出彼此。

愿等，便能等来重逢再遇……

番外一

◆

- 我愿为鲜衣怒马的少年，
付诸锦瑟年华。

异国殿下与大妃娘娘自愿将膝下的芮妤婳翁主送来陈国以养表忠心的消息在汴京城中早已传得沸沸扬扬。

未出三日，异国翁主便已到陈、异两国交界处。

听闻异国翁主临近汴京城门，仙岁然一路冲进仙枝翟的殿内，望着坐于伏案桌前细阅兵书之卷，两耳不闻窗外事的仙枝翟。

“王叔！”

仙枝翟被仙岁然吼的这一嗓子吓得打了一个激灵，手中的兵书一抖摔落桌底侧，抿着唇试图抑制升到脑门的怒火：“然儿，别闹。”

他正看兵书呢，这小丫头片子准是又闲不住特意来闹得他不安生，扰他心中鸿鹄大志。

仙岁然哪听得进，奔上前，一手握着一糖人，一手拉扯仙枝翟的锦衣华袖，脸上挂着贼兮兮的笑：“王叔，异国翁主都要到宫门口了！”

仙枝翟皱着眉，他才无心去瞧这热闹，遂推脱道：“我还要看兵书。”

“美人不瞧看什么兵书哪！”仙岁然兴致勃勃，说什么都要拉着王叔去瞧一瞧。

若她放了太傅鸽子一事传入父上与母上的耳朵里，那她真要挨板子了，倒不如凑热闹拉上王叔，到时此事若被戳穿，她还能推出王叔让他一顶这无妄之罪。

妙哉妙哉！

仙枝翟被仙岁然闹得没法子了，只得不情不愿地起身，任由仙岁然这小丫头铆足了劲扯着他往前。

宫门口聚集了好几列恭迎芮妤婳翁主的侍随。

仙岁然仗着公主身份轻而易举挤在队伍最前面，抻长了脖子张望，仍未见异国翁主的影子：“王叔，异国翁主到底何时来啊？”

仙枝翟一拂袖，双手背在身后，全无心思：“该来时就来了。”

仙岁然嗤了一声，她的王叔真是看兵书看傻了，一点都不懂何为风花雪月。

须臾，不知是谁高唤了一声，引得所有人目光都望向宫门口。

远处一辆缀满樟木珠与流苏的马车随着一队人马缓缓入宫门。

仙枝翟不问周遭纷扰，心中默念兵书，却因马车忽而一停而敛了心思。

一抬眸便瞧见掀帘而望神清骨秀的人儿，只瞧了这一眼，他便清晰地听见他心怦怦而跳的声音。

那一瞬，他以为他得了什么怪病，后来他才明白，初见她时一见倾心。

仙岁然暗羡一声，这异国翁主真是长得标致呀。

她举起手中的糖人，欲咬一口糖人来掩心中羡慕，却被王叔一把夺走借花献佛！

仙岁然欲哭无泪，她要去告诉神仙，让神仙替她出气，谁让王叔以大欺小！

芮妤婳初来陈国，诸多不适，马车外人头攒动，她心中难免不安。

鼓起勇气掀帘瞧一瞧陈国恢宏宫门，却一眼瞧见人群中鲜衣怒马的少年。只是她未想到，便是这惊鸿一瞥，她最好的锦瑟华年里便全是他的身影。

他手握一糖人递予她，剑眉星眸，瞧得她愣怔半晌，若不是身旁澜翠提醒，她怕是于人前失了仪态。

一侍随气喘吁吁地跑来，一声“王爷”，调扬得极高。

芮妤婳星眸一暗，他……是王爷。

芮妤婳在内廷住了月余，足不出殿。

闲来弹弹琴、养养鸟，忍不住提笔时会摹一摹花草，可她今日毫无兴致。

殿外十二王爷带头练兵实战操练的声音实在聒噪，扰得芮妤婳心难平，意难静。

澜翠端着水盆入殿，叨叨着：“翁主，这陈国练兵怎么不去练兵场？近日总在我们殿外扰得都不安生了。”

芮妤婳抿唇不语，凝眸盯着纸上那一墨点。

澜翠侧头偷瞧，心里嘀咕，这已经是翁主今日废弃的第三十二幅画了。

澜翠愤愤磨牙，谁也不能欺负她的主子！就算是扰了她主子的清静也不可！

洞察澜翠欲出门理论的小心思的芮妤婳轻唤一声：“澜翠。”

“翁主，”澜翠委屈一跺脚，“他们欺负人。”

芮妤婳轻嗟一声，那又如何，她不过是不得宠被弃于陈国的异国翁主，而他是众人捧着、前程似锦的陈国王爷。

他们本就不是一路人……

殿外的练兵声响持续了好几日，每每都是澜翠坐不住要夺门而出去争个不休时戛然而止。

秋雨微凉，雨顺着屋檐的沟壑如断线的珍珠坠地，在芮妤婳的心里砸出个洞。

提笔却无作画的兴致，连日扰她心神的声音忽而消失，她的心里似被剜了一处般难受。

澜翠边研墨边打量着发愣的芮妤婳：“翁主。”

芮妤婳攥了攥笔，拉回思绪：“澜翠，你说，雨停了，殿外还会闹出动静吗？”

递给她糖人的少年郎不知何时已闯入了她的心房。

芮妤婳撑伞出殿，殿外无一人，凹陷的青石板里积着水洼，模糊可见她的衣裙影子。

远处笃笃的声响入耳，引得芮妤婳侧身凝望。

她盯着雨中跑来的那抹少年郎身影发怔，握着伞柄的手指忍不住攥紧。

仙枝翟浑身淋了个透，棱角分明的脸上滑过雨滴，他都苦等祈盼多少日了，才等到她今日出殿以身相迎。

嘴角就快咧到耳根子，仙枝翟抬手抹了抹脸，便见眼前递来一方月白色刺绣手绢。

芮妤婳举着手，垂眸盯着他踩在水洼里的缎靴，不敢迎上他炙热的目光。

伞柄忽而一摇，他如阵疾风钻入伞下，惹得芮妤婳心中一惊，脚下差点不稳，若不是他手轻扶着她肩头，她怕是就在他面前踉跄摔地，闹了笑话。

“你……你……”芮妤婳被他这出格的举动吓得语无伦次，若是让旁人瞧见了，可如何是好。

看着她染上绯红的耳尖，他笑弯了眼，脸不红心不跳：“下雨了，借你伞躲躲雨。”

“仙枝翟。”芮妤婳脱口而出他的名字，未察觉到仙枝翟因心中一喜而飞扬的眉毛。

“你知道我的名字？”仙枝翟眼里熠熠，这几日，他在她殿外大闹动静就是想引起她的注意，可一直徒劳无获。

天公还不作美，一场秋雨一泻而下。

兵练不成了，他便孤身一人整日在她殿门外徘徊，想着总有一日能碰着她，未料及便是今日。

芮妤婳耳尖染上霞红，欲将伞推塞入他的怀里淋雨回殿，他们这般，有失体统。

“我……我真心悦你！”仙枝翟一股脑脱口而出。

他自小痴迷兵法，然儿那小丫头整日挂在嘴边的风花雪月他着实不懂，他有的只是一腔赤心。

话落，他不敢去瞧她的眼，只得攥着她的一方丝绢落荒而逃。

徒留芮妤婳撑伞立于甬道，望着远处愣怔，他说……他真心悦她。

自打那日后，她便再没见着他的影子。

一日，澜翠手中握着一糖人从殿外一路嘀咕至殿内：“翁主，你瞧。”

芮妤婳停笔，目光落在澜翠手中的糖人上，那糖人不似寻常糖人，乃是她的姓氏——芮。

这可真是花了心思，澜翠了然将糖人递给芮妤婳，这俗法子定不是一般人想到的：“翁主，十二王爷对你……”

“澜翠，”芮妤婳截断她的话，“说话没遮没拦了。”

澜翠噤声，可十二王爷对她家翁主的心思，明眼人都瞧得出来。

芮妤婳心绪难平，她时刻牢记她只是被弃于陈国的人，根本……配不上他。

自打“芮”字糖人一现后，接下来几日，殿外都会留下一糖人，连成一句话，便是——芮妤婳，我真心悦你。

芮妤婳脸如火烧般，他真能……折腾。

翌日，她内心经过万般挣扎，早早候在殿前，欲将她对他的心思全盘托出，等来的却是他今日要随军去边陲磨炼的消息。

澜翠刚扫完殿院中的落叶，抬头便见翁主忽地跑了个没影。

芮妤婳提裙一路跑至城门口，正巧见仙岁然哭哭啼啼被奶娘拉走。

仙枝翟着一身甲胄，意气风发，异于他素日一袭锦衣华服的书墨气。

仙枝翟手紧握腰间佩剑，他未料到她会来送他，此番随军历练于他而言是未卜之险，所以他才……不告而别。

芮妤婳眼底泛红，哽咽道：“你……照顾好自己。”路途遥远、险阻重重，她不想他受伤。

“好，我一定将你的话牢记心里，”仙枝翟回头望了一眼等他一人的军队，欲言又止，“那我……走了……”

“仙枝翟，”芮妤婳蓦地唤住他，拦在他面前，执起他的一只手，在他的手心里写下一字——悦。

你真心悦我，我亦悦你真心。

仙枝翟有一瞬失神，语无伦次：“我……你……等我回来。”

“嗯，”芮妤婳坚定地点头，自初见的惊鸿一瞥，她便认定他一人，“你定要平安归来。”

风起，拂起她耳畔青丝，眸里全是他的身影，她会日夜祈盼，等她的少年郎回来。

哪怕世人皆说她不足以与他相配，她也会迎着荆棘拨开迷雾走向他，她这一生做过最勇敢的事便是打开心扉与他执手。

番外二

◆

- 不论轮回几世，我都心悦于你。

若数城中最叫人津津乐道的茶余谈资便是鲜府那秉性顽劣的丫头与庙家才貌双绝二少爷的两小无猜，就差寻个良辰吉日结为秦晋之好。

当年恰逢七月半，鲜府丫头提灯追庙家那少年郎追到了城门两里地外，自此开始没皮没脸的追夫路，终是拿下庙家少年郎。

阿璃手拎着两屉槐花糕，耳畔尽是自家小姐追夫流言，她心中难抑怒气，压低声音道："小姐，您听这市井传言……"

鲜岁逢搂住心中愤懑的阿璃，打断她的话："阿璃，学学我，两耳不闻。"

"可是……"

"嘘，"鲜岁逢食指抵在唇瓣上，"我们要拿出鲜府大家风范的气度。”

鲜岁逢撺掇阿璃一起深呼吸以抵消心中之愤：“来，吸气、呼气、吸气……”

正当阿璃欲放任言不入耳的流言时，却听自家小姐大大咧咧的一嗓门，吼得茶铺里交头接耳的众人一愣一愣，倏地噤声。

阿璃眨巴几下眼，暗叹一声，这才不愧是她的小姐。

鲜岁逢一挑鬓前的青丝，朝发怔的阿璃莞尔一笑，她这不是没忍住嘛：“阿璃，那个……我去前面刺绣铺买点锦线。”

鲜岁逢心虚，一溜烟跑了个没影，她可是鲜府捧在手心里的嫡小姐！怎能不顾仪姿当街失了身份呢？真是不该啊。

阿璃回过神，却瞧不见小姐的身影。

她手拎着两屉槐花糕朝刺绣铺走去，却听沿街小贩叫卖，她转头便被摆放在粗布上的一支看起来就上了年头的桃花簪吸引了目光。

小贩一见识货之人上门，定不会错过这做生意的机会，将桃花簪顺势塞入阿璃手中，让她瞧个仔细：“看来遇到有缘人了！”

阿璃轻喃，有缘人……

驾马鞭一挥，马蹄嘚嘚，一辆马车招摇而过。

闻声，阿璃抬眸去瞧，马车轿帘被一素白指尖微挑开，马车内的人气宇不凡，一双深邃的眸与她目光交汇，害得阿璃没由来地紧张，不由得屈指攥了攥手中的桃花簪。

耳畔七言八语如风灌入了耳，马车里的人原是庙家长子，打小身子羸弱，弱冠之前一直养在老宅，此番进京是为参加五年一次的科举选拔。

鲜岁逢把玩着手中刺绣精美的圆蒲扇折回，却见阿璃如被勾了魂似的发愣，不由得扬手在她眼前一挥：“瞧见什么了？”

阿璃脸泛红晕：“没什么。”

鲜岁逢眯眼，她不信，阿璃自小便跟着她，阿璃心里的小心思瞒不过她。

她低头瞧见阿璃手中上了年头的簪子，细眉轻拧，这粗布摊上的物什旁人都说不干净。

“琉璃，”阿璃轻喃，将桃花簪递至鲜岁逢眼前，“小姐，您瞧，这簪尖上刻有‘琉璃’二字，兴许……”兴许她真的与这簪子有缘。

鲜岁逢嫌弃地拿来一瞧，确有“琉璃”二字，只是这簪尖上的桃花钿都褪了色。瞥了眼一脸期待的阿璃，她不忍扫了阿璃的兴，特大方地从袖里掏出银子丢给小贩：“这簪我要了。”

“哟，两位姑娘真是有眼光……”小贩将银子蓦地揣入怀中，还欲再销一物什，从身后箱屉取出一物件，“姑娘，你们再瞧瞧这喜冠，这可是前朝公主成亲之时戴的……”

鲜岁逢无心再听，将桃花簪塞入阿璃手中，凝眸望着前方，声音忽而冷了几度：“阿璃，你先回府，我去捉个大场面。”

“大场面？”阿璃还未反应，便见自家小姐如阵疾风一蹿而过，她心急大喊，“小姐，老爷说了不许您闯祸！”

阿璃的话，鲜岁逢自是没听见，即便听见了，她也……装没听见。

达官贵人最喜之地——金梦阁。

金梦阁的头牌领着一众姑娘婀娜摇扇靠近，此时鲜岁逢正佯装看客往嘴里塞着花生米，掩面的圆蒲扇倏地被人夺走，惊得鲜岁逢扬袖捂脸。

此地无银三百两的举止惹得一众姑娘挥扇掩笑。

罢了，京中谁人不识她堂堂鲜府小姐！

鲜岁逢索性破罐子破摔：“庙岑重呢？”她分明瞧见他入了金梦阁，若金梦阁有意庇藏她的夫君，她便一不做二不休掀了金梦阁的金屋顶。

反正……修缮银两不用她出。

见鲜岁逢如此直白，金梦阁头牌也不兜转了，扬扇一指楼上拐角厢房，意味明显。

鲜岁逢呼气，一鼓作气上了楼，却在厢房门前打起了退堂鼓。

哪知一上菜小厮与她撞了个满怀，鲜岁逢脚下一踉跄，生生地撞开了厢房门。

厢房内丝竹之音骤停，所有人循声而望。

鲜岁逢微微抬头便瞥见了这雅舍里围桌而坐的三人：她夫君、她夫君的爹爹，还有在她生辰时见过一面的李大人。

早有耳闻金梦阁有专供人议事之地，没想到今日便开了眼界。

为掩羞容，鲜岁逢猛然低下头，双手覆地行礼："奴家乃是椿面，寻自家郎君来了，误闯惊扰各位大人，望大人有大量……"越说越心虚，生怕他们瞧出她来，她只得捏着嗓子扮作先前刺绣铺里的绣女。

庙岑重之父端着洒了半杯酒的酒杯，朝身侧的庙岑重挪过身："阿岑，阿岁这丫头怎么了？"

庙岑重笑而不语，拙劣的伪装谁都能轻易瞧穿，他端起酒杯，一饮而尽，她……自然是来捉夫的。

不待他们回话，鲜岁逢便羞愧夺门而逃。

天色渐晚，长街上喜锣敲得震耳欲聋。

路两旁聚集看热闹的人，讨要喜糖的孩童围着花轿打转。

鲜岁逢为荒度时光混在迎亲队伍里，正巧去蹭吃一顿喜饭，沾沾喜气，哪知便被陪嫁媒婆拉着她说个不停。

叽喳中，鲜岁逢得知新娘子原是外府许老员外的千金许妤桦，嫁与观国朝廷进士之子梁枝斋，两人乃是天赐良缘。

……

酒足饭饱，腰围渐长，人是铁饭是钢，一顿不吃饿得慌，乃是她鲜岁逢的人生信条。

鲜岁逢抚着圆滚滚的肚皮，待她休息一会儿，她再想想如何回府解释这一乌龙。

正当她绞尽脑汁，脑袋便被一红烛灯笼砸中，疼得她惊呼。

她双手捂着脑袋瓜蹲下身："你这一纸灯笼也欺负我是不是？"鲜岁逢"嘁"了一声，便听闻远处传来寻她的动静。

她想都没想，抱起纸灯笼撒丫子便跑。

一路低头跑上木桥，却迎面撞上一人。

"见谅见谅。"鲜岁逢连头都没抬，一心只想甩开自家府中的家丁。

哪知便被人扼住了手腕，嘿！鲜岁逢火气腾地一上升，还对她动手动脚?

“你！”她猛然一抬头，便迎上庙岑重那双暗蕴星辰的墨黑眸子。

“庙岑重！”一见她的少年郎，她便将她入金梦阁欲捉当场的事儿忘个精光，抱着灯笼露出笑眼挤至他面前。

“你这灯笼若靠得再近些，我的衣袖便要被点着了。”庙岑重宠溺地瞧着她的脸，忍不住伸手轻理了理她耳鬓飞乱的发丝。

鲜岁逢讨好似的将灯笼移远点，她可舍不得她的少年郎受伤。

“我可曾说过，我心悦于你？”城中流言，他自有耳闻，他与她儿时相遇，两情相悦，旁人若以此中伤她，他第一个不答应。

鲜岁逢拧起细眉，忽地想起什么了不得的事，虎视眈眈地仰头瞧他：“未曾。”

不提还好，一提鲜岁逢便一肚子气，抱着灯笼的手没个轻重，手指差点就抠破了灯笼纸：“旁人都说你是我没皮没脸追来的。”

庙岑重瞧着她的眼里能滴出蜜来，手指轻点着她的额头：“你若没皮没脸，那我要娶的究竟为何人？”

见她不语，庙岑重遂开口：“我明天便命人去长街敲锣大喊，你是我没皮没脸追来的夫人。”

一听此话，鲜岁逢笑得眉眼都挤成一条缝。

“阿岁。”庙岑重轻握住她的手。

“嗯？”鲜岁逢盯着庙岑重好看的手指飘飘然。

“我心悦于你，无论几生几世。”庙岑重深情地望着她，桥另一头梁府因娶亲大放烟花，烟花绚烂入空。

不论轮回几世，我都会来到你的面前，告诉你，我心悦于你。

……

桥下，一抹高挑身影立于原地，望着天空的烟花发怔。

“沈东炽！”一穿着素衣的道人折返而来，“你瞧什么呢？”

“我瞧那烟火。”沈东炽一双桃花眼染上烟火星亮，似忆起梦里之事，好似前生真的发生过……

图书在版编目(CIP)数据

提灯去见少年郎 / 矢厘著. -- 上海 : 上海文化出版社, 2019.5

ISBN 978-7-5535-1523-6

Ⅰ. ①提… Ⅱ. ①矢… Ⅲ. ①长篇小说-中国-当代 Ⅳ. ①I247.5

中国版本图书馆CIP数据核字(2019)第040784号

责任编辑 詹明瑜
特约编辑 笙 歌 封 言
装帧设计 何 鹏 孙欣瑞
特约绘制 君 翎
印务监制 周仲智
责任校对 周 萍

提灯去见少年郎

矢厘 著

出 版 上海文化出版社
出 品 上海故事会文化传媒有限公司
（200020 上海市绍兴路74号 www.storychina.cn）
发 行 上海文艺出版社发行中心
（上海市绍兴路50号）
印 刷 长沙鸿发印务实业有限公司
开 本 880×1230 1/32 印 张 9.125
版 次 2019年05月第1版 印 次 2019年05月第1次印刷
书 号 ISBN 978-7-5535-1523-6/I.570
定 价 35.80元

上海故事会文化传媒有限公司 出品（00845）www.storychina.cn

本书如有印装问题，请与印刷厂联系调换。联系电话：0731-82755298